战"疫"日记

光明日报社武汉一线报道组 编著

人民出版社

出版说明

新型冠状病毒肺炎疫情发生以来，以习近平同志为核心的党中央高度重视人民生命安全和身体健康，召开多次会议对疫情防控特别是患者治疗工作进行研究部署动员。为加强疫情防控宣传报道，光明日报社积极行动，第一时间选派精锐之师深入武汉战"疫"一线进行实地采访。武汉一线报道组不怕困难、不畏艰险，紧扣疫情防控工作大局，用一篇篇增信心、强决心、稳人心、暖民心的报道增强了全国人民战胜疫情的决心与信心。系列报道一经刊发就引起社会广泛关注，产生巨大反响，为坚决打赢疫情防控阻击战营造了良好的舆论环境，充分展现了新闻工作者践行初心使命的担当与责任。

为全方位、多角度展现一线英雄们的先进事迹和感人故事，人民出版社将系列报道文章以《战"疫"日记》的形式结集出版。本书收入的是光明日报社武汉一线报道组从 2020 年 1 月 30 日至 2020 年 2 月 15 日这一段时期内的重要报道，共 17 篇，按时间顺序进行编排，为便于读者阅读，本书编辑时做了必要的修改。

人民出版社

2020 年 2 月

目

CONTENTS

录

1.

这一刻，我们向武汉出发

这群记者渴望用最扎实的笔触，描摹出参与这场战斗的每一个"斗士"。

2020 年

一月

30 日

列车徐徐启动。14 时 41 分，驶离北京，开往长沙。但，车上有一群人的终点是武汉。那里，病毒"歼灭战"正酣。逆行，向武汉，这是一次悄然进行的非常时期的"非常春运"。

铁肩担道义，妙笔著文章。这群记者渴望用最扎实的笔触，描摹出参与这场战斗的每一个"斗士"。16 时，在 3 号车厢，记者看到 27 岁的小伙子苏洲正戴着口罩打电话，他是央视新闻的记者，赶赴武汉一线进行报道。挂完电话，他腼腆地笑着说："我正在哄女朋友呢，今天赶赴一线，还没来得及跟她道别，不过她还是很理解我的工作。"从除夕到现在，苏洲一直没有休息，打算年后休假陪伴家人。疫情发生后，他主动请缨。今天得知有任务，他二话没说，收拾完器材和行李就往北京西站跑。

为什么此时主动选择去武汉？他说："我父母都是医生，每次有任务，他们也选择承担，我的选择与他们一样。"下午 3 时，在前行的列车上，苏洲收到母亲发来的一段微信视频，打开一看，母亲教他如何戴口罩、如何洗手。他顿时眼眶一红说："妈妈非常支持我，让我工作很有信心，相信武汉会越来越好。"

这趟列车，承载的不仅仅是记者的责任与担当，还搭载了社会各界对于武汉的关爱。一上车，记者便在2号车厢见到了爱笑的甘大姐，她是一名普通的列车工作人员。16时30分左右，趁她工作间隙，记者与她聊天得知，春节假期以来她只休息了一天。"没什么，这是我的工作，这段时间见到很多从四面八方赶到一线的医生，他们的精神令人感动。"谈到这几天列车上的变化，甘大姐发现，大家的卫生意识提高了，不仅响应国家号召，出行的人少了，而且旅客中戴口罩的人也多了。"我相信大家一起努力，一定能控制住。"她说。

更让人感动的是，上车前，本报记者接到了北京热心市民的医疗捐赠，一箱箱盛满爱心的医疗用品被搬上了高铁。这位市民告诉记者，此次捐赠共包含5260只口罩、40袋板蓝根、120瓶酒精棉球、16卷医用胶带等。"我的很多家人都在武汉，自从知道武汉出现疫情后，我一直借助各方力量尽力筹措医疗物资，这些物资都是军人、记者、公务员等各个群体自发捐赠的，大家都希望可以为武汉贡献绵薄之力。"

19时43分，列车准时停靠武汉站，而这边负责接收捐赠的沈先生，早已在此等候，他希望"第一时间把物资送到最需要的人手中"。

（本文 2020 年 1 月 30 日发表于《光明日报》，
作者包括晋浩天、章正、卢璐）

2.

战『疫』的力量

如何不让魔鬼藏匿？是一封封请战书，一枚枚红手印，是共产党员的初心，是救死扶伤的职责，是消灭疫情的坚强斗志！

一月

31 日

"出发!"

"去哪里?"

"进驻新病房!"

武汉,28 日晚,当北京大学人民医院医疗队队长张柳告诉队员们要进驻华中科技大学同济医院中法新城院区隔离病房时,大家踊跃报名。简短讨论后,他们决定以"党员带头、新老搭配、专业互补"为原则,遴选出第一批 12 名进驻的医护人员。

他们,是 6000 多名支援武汉医护人员的一个缩影。记者了解到,截至 29 日晚,29 个省区市和部队的 52 支医疗队,共 6129 名医疗队员在湖北省协助开展医疗救治工作,其中 41 支安排在武汉。

奔赴:虽不是军人,但也是"战士"

李红是山西医科大学第一医院感染病科副主任,从春节前到现在，她一直没有休息。谈到最爱的家人，她有些愧疚。除夕夜，原本说好与家人团圆，她却最终在发热门诊中忙碌地度过。"更没想到的是，在初一晚上 8 点多，我接到电话要增援湖北，第二天出发。当时没有跟家里人商量，我就报名了。责无旁贷。"李红说。

回到家，孩子问："妈妈，怎么非要让你去呢?"李红淡定地说："妈妈就是搞这个专业的，只不过这次不是太原而是湖北。"

"2003 年非典我全程参与下来，那时候是年轻专家，现在已经是'老专家'了。"作为山西省人民医院消化科主任，58 岁的王俊平是山西省首批抗击新型冠状病毒感染肺炎援鄂队伍中年龄最大的医生，"虽然不是军人，但我们也是'战士'，只不过工作形式不一样而已。"他说。

疫情，就像是集结号。距离太原 500 多公里的北京，一支被誉为"北京超强阵容医疗队"迅速集结。25 日，接到上级通知后短短两三个小时，北大三所综合性附属医院就各自迅速选派 20 名医护人员，与北京医院、北京协和医院、中日友好医院的同仁共赴武汉。

此时，很多人不知道，另一支北京大学公共卫生学院的志愿者队伍整装待发。接到中国疾病预防控制中心的通知后，短短几个小时，流行病与卫生统计学系就有 30 多名研究生和青年教师报名，最终组建了9名学生和2名教师的支援团队。带队老师庞元捷告诉记者，留校教师组成后援团队，随时提供技术支持，并积极组织第二梯队，随时待命。

国有战，召必回，战必胜。疫情面前，他们争当"逆行者"。23日下午，河南省胸科医院的医生孙玉梅和丈夫郑向阳向医院递交"请战书"，自愿要求前往武汉，驰援抗击新型冠状病毒感染肺炎疫情一线。

请战，源源不断。这两天，河南省胸科医院党委副书记、副院长袁义强不断接到医护人员的"请战书"，攥着这厚厚的一沓纸，他说："接到临床一线职工递交的'请战书'非常感动，为大家的豪情壮志点赞。作为胸部疾病治疗专科医院，抗击肺炎疫情，我们责无旁贷。"

抵达：科学细致抗"疫"

26日晚，北京大学第一医院、人民医院、第三医院60名队员与其他医院专家共同组成国家医疗队抵达武汉。

除了勇气之外有什么？科学精神！第二天，早已熟悉流程的医护人员，又进行了多次防护服穿戴演练。正如一位队员所说，"我们绝不懈怠、反复演练，保护好自己才能帮助更多人"。

之后，他们分批来到即将开展工作的病房踩点，熟悉病房环境，查看储备物资，对于进入病房流程进行最终确认。

北京大学人民医院院长姜保国一再提醒医护人员，在特殊环境下，务必要在保证安全的基础上开展工作，务必用科学的精神、严谨的态度做好防护和救治工作。

在这场战"疫"中，科学与严谨始终闪耀在医护人员之中。27日，北京中医药大学附属东直门医院和东方医院40名医护人员组建的第二批中医国家医疗队，一到武汉就直奔定点救治单位——湖北省中西医结合医院。经过短暂的休息休整，医疗队全员立即开始了医院统一组织的培训。

在这里，他们最关心的是细节。医疗护理组对排班模式、防护物资管理等细节都进行了周密安排。医疗队进入改造病房，与原病房工作人员就呼叫器、负压设施、抢救设施等工作细节进行详细沟通，并提出改进意见。

这支医疗队的战地党支部书记张耀圣说："越是危难时刻，越要体现共产党员的先锋模范作用，面对疫情，越要注重细节，我们要在临床上体现出诊疗水平，为救治患者做全方位努力。"

而到了医生那里，以何种状态出击战"疫"甚至具体到了头发的长短。武汉大学人民医院的单霞，是正在施援武汉市金银潭医疗救治中心的医护人员。为了方便工作，她狠心剪掉长发，理了一个光头。看着缕缕长发飘落，她却很淡然："没关系，头发没有了可以再长嘛。保护好自己的同时，这样可以尽力救更多的人。"

无独有偶。刚到武汉，南京医科大学附二院的护士高燕和陶连珊也做了一个决定。她们向宾馆借了把剪刀，互相帮忙完成了理发。高燕说，头发留了很长时间了，心里有点舍不得，但洗头费事，穿戴防护装备也不方便。为了确保"零感染"，美美的长发，剪了！

在一线工作并不容易，多位医生告诉记者，穿着防护服进入病房，分不清谁是谁，于是他们想了个办法，在衣服后面写上姓名和自己的单位名称。他们一次工作的极限在4个小时左右，不能吃饭、不能喝水，医护人员身上出汗，工作环境并不舒适。

"在穿上厚重、严密的防护服后，平时熟练的配液、输液、吸氧等工作变得小心翼翼，不过，我们在当天晚上已经收治了60余名患者。"南开大学附属医院手术室护士尹楠正在武汉武钢二院紧张地救治着患者。

"累吗?""累，但看到患者为我们竖起大拇指时，所有的辛苦都一扫而空。"尹楠说。

情况持续向好。河南支援湖北医疗队医务组长周正介绍，这几天队员们的工作情绪都很高，137名队员全部进入到武汉市第四人民医院。"第一期的病房 30 个病人已经收治，大部分病人的病情比较稳定，我们已经在第二个病区开展工作。"周正说，"这几天队员们接到了很多慰问的信息，我们战斗并不孤单，有信心战胜疫情。"

再出发：初心使命在真刀真枪实干中体现

在这场战"疫"中，有许多故事让人动容。28 日，在武汉抗击疫情一线的河南大学淮河医院护士王月递交了入党申请书。"我志愿加入中国共产党，全力以赴，抗击疫情。不计较个人报酬，无论生死，逆风而行，为保障人民的生命健康而奋斗！"

除了她以外，还有其他 4 名医护人员也递交了入党申请书。这一次，在武汉支援抗击疫情的河南大学淮河医院医护人员共有 26 人，其中党员 8 人。组建医疗队后，他们首先建起了临时党支部。

王月是一名有着 12 年临床护理经验的护士，这一次，她利用休息时间，根据住处的实际情况，设计了房间污染区域分区图。这样一来，从病房回到住处，准确地将衣物鞋帽等放到规定处，降低房间的被污染程度。她把这个分区图已上交到河南医院武汉疫区指挥部，以便论证进行推广。

淮河医院党委副书记傅侃达说:"王月等5名同志关键时候能冲上去,业务能力都很过硬,思想上也积极向党组织靠拢。如果他们在此次抗击疫情战役中表现突出,我们就向学校党组织提交报告,希望批准他们火线入党。"

在武汉金银潭医院,来自上海奉贤的80后、90后医务工作者在战场上交出了自己的入党申请书。仔细翻阅,便可发现一个共同点,字数并不多,更没有套话,选取几句话就能看到他们对组织的自我表白。

"人活着总要做一些自己认为值得去做的事,我志愿加入中国共产党。"护士王海红手写了这份入党申请书。她坦言,病毒虽然可怕,但自己始终相信,事在人为,团结就是力量。

作为团员的孙旦萍写下入党申请书后说:"秉持着治病救人的职业精神,我自愿加入医疗队,我并不是一时冲动,希望体现一名护士真正的价值。"

记者在采访中发现,不少医疗队员提交了入党申请书。

北京大学第三医院医疗救援队共有队员20名,其中党员7名,入党积极分子4名。赴武汉前,考虑前方任务紧急,医院决定在医疗队内成立临时党支部。这两天,这个临时党支部收到多名队员递交的入党申请书。

他们为什么此时选择入党?队员梁超说:"我看到党员们冲在最前线。作为群众的我,让我对党员有了一个新的认识。

在一线，我庄严地向党组织提出入党申请，自觉接受组织的培养和考验。"

在队员陈琦看来："这一次我看到了党员身上的优良传统和作风，进一步激发了我加入党组织的决心。"

"疫情是魔鬼，我们不能让魔鬼藏匿。"如何不让魔鬼藏匿？是一封封请战书，一枚枚红手印，是共产党员的初心，是救死扶伤的职责，是消灭疫情的坚强斗志！

——"我们愿意在国家危难时刻，冲锋在抗击 2019-nCOV 肺炎的临床一线，严阵以待，无条件地服从医院安排。"请战人：安徽省安庆市立医院消化内科及内镜中心党支部。

——"作为一支有丰富经验，战胜过非典的英雄集体……我们特向院党委请战：若有战，召必回，战必胜！"请战人：原第一军医大学赴小汤山医疗队全体成员。

他们，已经到达武汉。而他们的担当精神，刚刚出发。战"疫"的力量从何而来？正如一位医护人员所言，初心使命不是说出来的，而是真刀真枪干出来的。

（本文 2020 年 1 月 31 日发表于《光明日报》，作者包括晋浩天、章正、卢璐、王胜昔、颜维琦）

3.

这个时代最可爱的人

隔着防护服和护目镜，我总能听到他们对我说，"国家医疗队来了，我们就放心了、踏实了。"

2020 年

二月

1 日

　　他们，是一群"面目模糊"的人，周严的口罩、密实的防护服包裹下，连他们自己都只能通过背后的标记分清彼此；他们，又是一群辨识度最高的人，不用特意去找到谁，他们每一个，都是冲在最前线的"战士"。

　　要采访到他们，真的不容易。岗位上的他们没有片刻喘息，换班下来，又让人不忍心打扰……今天，就让我们一起听听他们内心最朴素的声音，也许平淡，也许细碎，但每一句都是放下小我，成就大家的最真挚的初心。

　　"健康所系，性命相托。"他们，是这个时代最可爱的人。

"我们每一个人都在坚守"

讲述人：武汉大学中南医院急救中心护士舒盈盈

　　1月7日，刚接抢救室的夜班，我就听说病房一床患者怀疑是新型冠状病毒感染的肺炎，给他上 ECMO（体外膜肺氧合）技术。我的第一反应是不会吧，昨天去病房查血气看到他挺好的，后来证实是真的。

夜班一如既往无特殊，直到 9 点多救护车从汉口医院转来一位呼吸困难患者，王 ××，男，66 岁，发热四天伴呼吸困难两天，住院两天无缓解，患者半卧位，普通鼻导管吸氧 SpO_2 88% 不升，改储氧袋吸氧 SpO_2 92%，查动脉血气 pO_2 77mmhg，SaO_2 91.7%，做完 CT 患者刚返回抢救室，就接到 CT 室报危急值：高度怀疑是新型冠状病毒感染的肺炎！彼时，这里还没有成立专门收治新型冠状病毒感染的肺炎的隔离病房，只能就地隔离，但我们意识到新型冠状病毒感染的肺炎真的来了。

1 月 11 日，白班，医院已成立发热门诊，隔离病房中所有医护都穿上防护服戴了护目镜。

1 月 12 日夜班，餐厅吃饭，一位同事发烧了，我半开玩笑地说："不会你也得新型冠状病毒感染的肺炎了吧。"第二天，这位同事被隔离了。

1 月 17 日夜班，外院转入大量消化道大出血、脑出血、主动脉夹层的患者，急诊病房一下子住满了。之后，救护车送来了呼吸困难患者，结果也是新型冠状病毒感染的肺炎，外面诊室也诊断出好多新型冠状病毒感染的肺炎患者。晨会交班时，我们内部专门强调防护的重要性。1 月 18 日，我的一位好友也确诊了。1 月 20 日，病房上主班的同事也被感染了。

1月22日接夜班，发热门诊分到七医院了，护士长被派去开展布置工作。进入抢救室，我第一次穿上防护服，感觉自己这才有点像白衣战士。之后，我们都做了胸部CT，听说又有几位同事"中弹"了。

除夕之夜，我待在家，没了往年的喜庆，信息铺天盖地。我开始"反科普"，告诉朋友家人感染了也不要紧，遵医嘱治疗隔离就行。

1月26日，新年第一个班，同事们相互问候都是"有没有咳嗽发烧"，忘了互道新年好，科室的隔离衣、口罩、护目镜都按计划发放。抢救室夜班，来了一位病危的老太太，大家都穿上了防护服，我在背面写了"百毒不侵"。

1月27日夜班，发热门诊不堪重负，我又回来了。各个区域都能看到主任的身影，仔细一回想，他好像这几天都在科室。隔着抢救室小窗，我看到大厅里几位患者围着他。9点多，还有人跟着他。10点多，换休时才发现我们的田护士长刚走，她说每天都走回家，今天算早的。刚准备问这个点她怕不怕，转念一想，都是上"战场"的人，死都不怕还怕什么。我还得知，我们的一位领导在医院连续6天没休息、没回家，妻子怀孕，二胎马上就要出生了。

1月28日，之前被隔离的同事又回来上班了。在最困难的时期，大家又有了些许安慰，我们急诊的每一个人都在坚守。

1月31日，今天阳光灿烂，窗外杨树枝头上已经冒出点点嫩芽，愿春色满园山花烂漫时，我们一起在丛中笑。

"你支援武汉，我支持你"

讲述人：南开大学附属医院手术室护士尹楠

两批医疗队，276名队员，我们从天津来到武汉，驻守在武汉市武钢职工第二医院。

起初，交到我们手里的是一座按照收治传染病人修建、有一段时间没有使用的四层住院楼。我们和当地工作人员一起，仅用了一天时间便完成了设施修缮，第二天开始全面收治病人，一天下来收治相关患者60余名。

修缮医院的那一天，国家卫健委副主任王贺胜来看望我们，对我们前来支援武汉表示崇高的敬意，同时要求我们加强培训、注意防护。随后北京的相关专家也为我们进行了严格的培训。为了防护需要，很多女医生、女护士都剪掉了长发。

除了领队、副领队和联络员，我们医疗队共有护士75人、医生60人。因为隔离衣的有效期就是4个小时，所以我们一天分成6班，一班4个小时。

戴上口罩、帽子、护目镜，穿上隔离衣和防护靴，才能开始交班，执行医生下达的指示，包括配药、输液、发药、吸氧、吸痰到测血压、血氧饱和度，以及监测病人的病情变化，对重症患者还要进行不间断的护理和监测。同时还要努力疏解出现恐慌情绪的病人，引导他们积极治疗。

作为一名党员，我深知现在就是党和人民考验我们的时候，要发挥党员的先锋模范作用，冲在第一线，做人民群众需要的事情。来武汉以前，我最放心不下的是家里的老人和孩子，但爱人鼓励我："去年我援非你支持我，现在你支援武汉，我支持你！我一定照顾好家里，你不要有后顾之忧。"

今天，当我看到一名患者病痛缓解后露出的笑容，深感再艰难，一切辛苦都是值得的。

"为了岁月静好，都愿负重前行"

讲述人：华润武钢总医院护士长黄萍

1月23日，华润武钢总医院领导将我们交托给武汉市金银潭医院的护理部，并给我们加油鼓励。第一时间，我们进行了穿脱隔离衣的简单培训，我们三人去ICU病房，另外五人去两个病区。第一天，我们充满了未知和忐忑。

　　1月24日，大年三十，我们的工作如往常一样。大家穿着防护服进入病房，我是"新手"，花了近15分钟才穿戴整齐，进去已是汗流浃背。我所在病区的病人病情稍轻，但比普通病房重。我们的"战友"谢老师，把我们的名字写在防护服上，衣服湿了干，干了又湿，眼镜片总是起雾，口罩压着鼻梁生疼，呼吸也越发急促，我觉得自己像在桑拿房里一样，总是想拉下口罩，大口呼吸。不知过了多久，我们被叫出去休息，一看时间，过去五个小时了。

　　这一天，没有年夜饭，大家开了碰头会，总结医护的经验，汇总好信息发到单位。这一天，大家很疲惫，但很有信心。医院给我们送来物资，我们突然有了过年的感觉。遇到别的医院的同行，问起物资是谁送过来的，我自豪地说："这是我们华润武钢总医院送过来的。"

　　1月26日，晚上下班时，战友舒明科摔了一跤，从额头到鼻子再到嘴唇，蹭破了一大块皮，大家都很心疼。我和同事王璇带她去门诊处理伤口，好在伤口不深，但有了伤口就更不能在隔离病房工作了，护士长决定让她休息。

　　1月27日，医院的张主任又给我们送来了物资，还有一些预防的药品，生活用品带了一大堆。站在酒店门口，她就像妈妈一样"噼里啪啦"地嘱咐一大堆，说了不许生病、吃饱穿暖等注意事项。我催她赶紧走，因为我俩都要哭了。这一天，我充满了感动。

1月28日，我们抢救了一名心跳呼吸骤停的病人。在场所有人都感受了到他的求生欲，我心里突然涌上了一阵无力感，没有更好的办法减轻他的痛苦，能用的药物都用上了。这一天，我感受到了疲惫与难过。

回到酒店时，我看到同事王璇正在给支援其他地方的同事冉水平打电话。来之前，她们还在和我争取来金银潭医院的名额，有了别的支援名额才作罢。听着俩人的调侃，我突然有些恍惚，这对好姐妹为了彼此的岁月静好，都甘愿负重前行，这就是最普通的医务工作者。这一天，我们的友谊万岁！

"一个拥抱就能抚慰病人的悲伤"

讲述人：北医三院呼吸内科护士李娜

要进病房了，很是忐忑。1月31日下午1：50，坐上开往医院的大巴，我终于来到了病房。帮着前组的队友穿防护服，给她们写上名字，写上"加油"。可以说，这两个字不光是为我的队友，更为里面的病人，他们更需要鼓励！一位同济医院的护士老师让我帮她戴手套，终于能和同济医院的战友并肩作战了，我非常高兴。

　　让我深受触动的是，在病房巡视时看到一位女患者。她还在哺乳期，一见到我就激动地哭了，我马上上前安抚了她。在那种情况下，又是这么近的距离，然而，我根本想不了那么多，因为我深知，自己的一个拥抱就能抚慰她所有悲伤。那个时刻，我和她就面对面坐着，像是面对我病房的一位普通患者那样。她告诉我，她每天自己监测体温，记录自己的临床症状，发现体温的最高值都在渐渐下降。我告诉她这是一个好事情，要坚持多休息，多喝水，一定会早日出院。

　　穿上防护服，有时我听不太清病人说的话，但我遇到的每一位病人都非常理解我们。我知道，对他们而言，医护人员就是他们的信心与勇气。隔着防护服和护目镜，我总能听到他们对我说，"国家医疗队来了，我们就放心了、踏实了。"随着与病人接触越来越多，我发现，只要能够为他们提供及时救治、贴心服务，他们的心情马上就会好起来。

　　在这里，我还想说，疫情其实也没有那么可怕，只要我们坚定信心，做好隔离，做好防护，增强抵抗力，不要随便外出等，就能很好地控制。在国家的高度重视和全力保障下，随着时间推移，抗病毒感染的防护救治技术逐步提升，疫情自然就会好转。

　　同济医院的护士们随后也下班了，我们在更衣室聊了一会儿。她们在病房工作了很长时间，全身湿透，滴水未进。我相信下一次的治疗，我们一定会配合得更加默契，为病人祛除痛苦，战胜病魔！

（本文 2020 年 2 月 1 日发表于《光明日报》，
作者包括晋浩天、章正、卢璐、王斯敏）

4. 为了人民生命健康之托

　　"雷神山"建设标准高于"小汤山",
如果说北京当年是一场"遭遇战",如今
的武汉打的是一场"阻击战"。

2020 年

. . . .

二月

2 日

此时的武汉，安静、凝重。街道上鲜见行人，车道上偶有车辆。而距离武汉市中心20公里的西南角，却是另一番光景。往日畅通无阻的黄家湖大道上，满是各种车辆、货物，还有正在作业的工作人员。向南走不远，记者便来到了最近正在被全国人民"云关注"的雷神山医院建设现场。

什么样的医院，能在短短十几天建设完成并投入使用？相比17年前的北京小汤山医院，雷神山医院又有什么不同？2月1日，记者实地探访雷神山，挖掘这个按下"开始键"即进入"倒计时"的大工程背后的细节与点滴，看一砖一瓦中凝结的中国精神与中国气概如何成就这样的中国奇迹。

截至记者发稿前，由武汉地产组织实施，中建三局承建的武汉雷神山医院项目总体进度完成65%。隔离区完成60%，3300间集装箱，已到场2530间；土建部分完成约60%；隔离病房场地平整、沟槽开挖、沟槽管线预埋、沟槽回填、主管道面层浇筑、非沟槽区PE膜施工已全部完成。

责任："一定高质量完成雷神山医院建设"

"终于回来了"。历经三次转机、耗时 18 小时后，中建三局在马来西亚的经理吴龙兵跨越万里，抵达武汉。来不及等托运的行李送出，吴龙兵便把电话打给领导，申请加入雷神山医院建设的前线。

"你的腿伤还没有彻底康复，好好在家养伤！"吴龙兵的第一次申请遭到了拒绝。但他说："虽然腿脚不便，但让我干什么都可以，看仓库都行！"第二天一早，吴龙兵就出现在雷神山医院建设现场，职责是在入口监测每个进场人员的体温。这个岗位安排一名国际项目的项目经理着实称得上"杀鸡用牛刀"，但吴龙兵却很乐观，他自封了个头衔——雷神山掌"门"人。

中建三局一公司中南公司项目党支部书记朱晓东是最早入场的建设者之一。1 月 23 日晚上 7 点多，刚回到上海和家人团聚的朱晓东收到召唤。大年三十凌晨 4 点半，朱晓东告别刚刚团聚的家人，当天下午两点半就抵达了项目现场。

"投身雷神山医院建设，是我这个老党员义不容辞的责任。"朱晓东说。朱晓东平日里被人称作"热血书记"，22 年来，他坚持献血从未间断，累计超过 7000 毫升。

"这两天，我们每天都是凌晨三四点下班，早上 7 点多就又回到岗位上。"朱晓东说。从管理人员、现场工人的住宿安排，到协调现场工人监控体温，从收货区保洁和垃圾清洁到6个生活区的巡视监督、物资发放，不论大事小情，朱晓东事无巨细，力求做到最精。

这几天，95后尹恒的事情被同事们所称道。1月25日，看到公司呼吁湖北地区职工支援雷神山医院建设的号召，尹恒坐不住了。获得父母的理解支持后，他独自背负行囊，骑车、步行10余公里穿越鄂州市城区，在派出所民警的帮助下最终顺利到达施工现场。

在现场，记者看到尹恒独自在南区负责道路原地面、沟槽、场平标高测量和高压线位置、电缆位置测定等工作。为了确保道路精度，需要他每次根据各种方案反复测量5次以上。之后，这些数据反馈到技术部，用来优化调整施工图纸。

问及有没有想说的，他腼腆地说："希望医院能够赶快建成，让患者早一些得到救治。"

朴实，是记者在现场采访多位工作人员后，留下的最直观的感受。采访前他们都会说一句话，"我很普通，可以多采访别人"。一位现场工作人员告诉记者："你们可以采访一下刘林，哪里有困难，哪里就有刘林。"

安装智能化工程技术负责人刘林正在设计图纸，已连续6天没有离开施工现场，每天工作近20个小时，吃饭只是偶尔，睡觉则是在和工人交接班时打个盹儿。

刚到建设现场，他连续与设计院打了 20 多个电话，沟通工程设计图，现场跟踪修改，确保图纸设计到位。如今，看着眼前一个个明亮通透的病房，刘林说："我们一定会高质量完成雷神山医院建设。"

雷神山医院建设急需大量板房，党员孙驰主动承担起资源对接重任，从河北、天津、山东等地调运板房资源，负责过程中的物流、进城协调事项。他负责的板房资源协调量超过 1300 座，在雷神山医院建设中发挥了巨大作用。

"我是一名普通党员，这些都是我应该做的。"孙驰说。

有序：建设工地上的亮点

有序，是雷神山医院建设现场给记者留下的最深刻的印象。

这么多人施工，如何保护好施工人员？为建成这座防疫战场前线的"桥头堡"，这里人员高度密集，两班倒让建设者处于高强度的工作状态，他们面临的感染风险远超常人。

记者在建设现场遇到了严格的体温检测。"我们有三道防疫的关口，不给病毒留任何余地。"防疫管理小组组长张志刚介绍说，在这里，有专人负责测体温、消毒、发放防疫物资。

　　"工人的口罩量还够吗？能不能确保有口罩及时进行更换"，凌晨的雷神山医院项目现场，安装公司工业经理部商务部员工张绪莉还在确认建设工人的口罩供给情况。

　　作为安装公司在项目上的唯一女同志，除夕夜，她就曾主动请战火神山医院，公司考虑到她是女同志并未同意。1月28日，她再次请缨，这次她如愿以偿支援雷神山，她在项目上负责筹备所需的后勤物资，物资多且杂，她却非常有耐心，被职工们亲昵地称为"张管家"。

　　有序的背后是高强度的协调。在雷神山医院建设现场2号出口，记者遇到了一位从千里之外的青海驰援武汉的工作人员。他叫周林，是中建三局外区干部，任中建三局青海分公司党委书记、总经理。他告诉记者，目前，他带领的团队主要负责雷神山建设项目其中一个区域的协调和吊装工作。"每天早上6点半到达工作岗位，我的手机就响个不停，平均3分钟一个电话，微信信息更是不间断。"

　　在这里，还有很多像周林一样的建设者。王乔在现场担任医疗休息区安装工程的责任经理，负责区域内的资源组织、施工协调、人员分工和后勤管理工作。目前，项目共有管理人员688人，作业人员4916人，各类大型机械设备及运输车辆等1096台，集装箱2149套，其他各类洁具及通风、空调设备等机电安装物资1700套。

有序，还要精准。中建铁投路桥有限公司的总经理张帆说，他们对于各个组的安排精确到分钟，现场有 80 多个工作人员负责协调施工管理，细致到车辆行驶的路线都进行规划。

记者看到，施工现场的每个路口都有一名指挥交通的人员，根据施工的现场情况，有序地让工程车辆进入。

在确保施工有序中，党员们发挥了重要作用。1 月 28 日下午，中建三局雷神山医院项目指挥部火速成立临时党委，并为党员突击队、青年突击队授旗。仪式上，120 余名党员面对鲜红的党旗，高举右拳，宣示按期交付医院的坚定决心。

在这里，仅负责雷神山医院医护住宿区施工的中建三局基建投公司项目团队就成立了 4 支党员突击队，负责雷神山医院项目交通疏导、防疫工作的中建铁投集团也已成立党员先锋队。

质量：借鉴小汤山，超越小汤山

最近，对于雷神山医院的建设，有外国网友评论："中国真是令人难以置信的建设者，中国在国家建设方面的决心和果断总是让我吃惊！"

根据最新设计，雷神山医院总建筑面积扩大至约 7.5 万平方米。医疗隔离区约 52200 平方米，病床超 1500 张（最多可容

纳约 1600 张病床）；医护住宿区约 9000 平方米，可容纳约 2000
名医护人员；医护及营养餐厅、清洁用品库（既有建筑）约
13700 平方米。

雷神山医院借鉴了 2003 年抗击"非典"期间北京小汤山
医院的成功经验，17 年过去了，如今这里有哪些技术上的进
步？记者看到，雷神山医院建设大量使用装配式建造方式，为
了节约时间，在厂家加工后，直接运到现场拼装。

医院产生的污水如何处理？现场的一位工作人员介绍：
"我们采用全封闭的收集，经过前端的预消毒处理后，再到污
水处理站，经过生化系统以及进一步消毒以后，把污水排到距
这里 800 米的市政管网系统，之后再次进行处理。"

记者参观了雷神山医院已建成的部分房间，看到给医护人
员居住的房间大概有 20 多平方米，设有 3 张大的高低床共 6
个床位，设有独立的淋浴区。给病人的病房条件更好，有 4 个
床位，床位之间有隔断，设有两个卫生间。

"我们是因地制宜建设的，根据这次武汉的需要进行建
设和施工。"中建三局雷神山隔离区总指挥部协调员苏章说，
"我们不断对接设计院，共同设计，希望打造高效、高质量的
建筑。"

很多人关心，会不会因为速度快而降低建设的标准？一位
现场负责人介绍："我们组建了 300 余人的管理团队，保证施

工各阶段的顺利实施。还有规范严谨的制度保障，中建三局有成熟的质量管理体系与制度，设置了质量管理部门，在建设过程中进行严格监理。"

原北京小汤山医院院长张雁灵现在正担任武汉雷神山医院建设的专家顾问。他表示，"雷神山"建设标准高于"小汤山"，如果说北京当年是一场"遭遇战"，如今的武汉打的是一场"阻击战"。与当年相比，这一次可以运用的新技术和新材料更多。火神山、雷神山医院的建成有利于缓解当前武汉病人多、收不进院的问题，让患者得到规范化的治疗，有利于集中收治患者，减少疫情扩散，让老百姓树立起战胜疫情的信心。

（本文 2020 年 2 月 2 日发表于《光明日报》，
作者包括晋浩天、章正、卢璐）

5.

阻断疫情 筑好社区『第一道墙』

作为武汉战"疫"中最重要的关口之一，社区防控，做得好事半功倍，做不好则事倍功半。

二月

3 日

又一个清早。与往日不同，现在的武汉，大喇叭防疫广播，成了每日叫早的"流行"方式。

早上 7 点半，记者在武汉江夏区街道上看到，宣传小车从纸坊街道出发，进入北华社区。北华社区主任王敏说："有时候我们上门，居民不愿意接触我们，我们就用喇叭宣传，既可以保护居民也可以保护自己。"

疫情来袭，街道空空，居民几乎都在家和社区内活动，这也成为考验社区基层治理能力的一大难题。遇到难题，不容退缩。作为武汉战"疫"中最重要的关口之一，社区防控，做得好事半功倍，做不好则事倍功半。

日前，中央赴湖北指导组特别强调社区防控工作的重要性，强调打赢这场攻坚战关键在"防"，要采取果断措施，加强物资调配，坚决防住源头，阻断传播途径。

阻断：加大社区疫情排查力度

镜头扫描

"社区还有蔬菜吗，我们家真没菜吃了。"荆门市金宇小区谢阿姨向土门巷社区网格员胡华丽发出了求助短信。"我们尽快给您送达。"胡华丽第一时间回复。她和刘红红很快将蔬菜送到谢阿姨家门口。谢阿姨将一袋橙子交给胡华丽，并在微信上对社区工作人员的温馨服务表达谢意。"感谢社区两位工作人员给我们准备新鲜蔬菜，还送到家门口。好感动，真正体现了社区关怀，社区工作人员辛苦啦！我们在家里不能出门，你们送的是大爱呀。还要谢谢负责消毒的小区工作人员王姐，我们在家都能感受到84消毒液的味道，平时很不喜欢闻这味道，这段日子，却觉得84的味道就是阻断我们和病菌的一道墙！84的味道好亲切！"

做好防控，社区的第一步，就是科学引导。1月22日，武汉向社区下发《倡议书》，先后印制、分发告市民书、宣传手册近1000万册，下发疫情防控科普指南50万册。

武汉市政府党组成员李强介绍，1月20日社区工作组成立，指导社区开展好全面排查发热病人工作。截至 1 月 30 日，全市共完成 900 余万名居民的排查、筛查工作，累计排查出发热人员 21404 人、送发热门诊 8567 人、居家观察 12837 人。

李强说："为解决交通管制后市民看病、就诊等突出问题，社区迎难而上，承担起近 6000 辆备勤出租车的管理和日常使用调配工作，为发热病人、困难群众提供必要的交通保障。"

不仅在武汉。为了阻断疫情，从 2 月 1 日起，黄冈市发布最严出行管控通知，备受社会关注。"黄冈市征调出租车分配到各社区居委会统一调度，用于紧急交通保障；运输医疗物资、生产生活物资的车辆，检测后，允许通行；每户家庭每两天可指派 1 名家庭成员上街采购生活物资，保证市民基本生活不受影响。"黄冈市市长邱丽新说。

黄冈全市 1 万多个基层党组织、近 17 万名党员投身防疫一线，所有市县"第一书记"返回所在村，推进疫情防控工作进小区进村组进家庭，把防控措施、防控要求落实到每个村（社区）、每个居民。

孝感城区是疫情防控的重点，在孝南区的一些社区，可以随处看到志愿者，近千名干部、网格员，逐户排查和登记，及时发现发热、咳嗽人员，引导其尽快就近到医疗机构预检分诊。

孝感市市长吴海涛表示，全市干部取消休假，共组织

2450支农村防控工作队进驻所有行政村，动员所有机关干部组成219个城市社区防控工作队，就近开展排查工作，重点对返乡人员，特别是武汉返乡人员进行发热检查排查。

湖北省副省长杨云彦表示："我们加大筛查力度，全省充分发挥社区、居委会、村委会作用，依托社区医疗服务机构加大排查。我们还利用大数据等技术，开展人员追踪管理，加大排查力度。"

前移：阻击的关口向前一步

镜头扫描

汉阳区晴川街铁桥社区工作人员彭彩感到一阵头晕，正在社区党群服务中心消毒拖地的她，狠狠地撞到了椅子上。离她最近的社区副主任刘汉红赶紧把她抱起来，紧张地说："彭彩，你醒醒，莫吓我啊……"醒来后，她的第一句话竟然是，"吴女士去医院了吗？"她，还惦记着社区发热病人。不到48小时的时间里，彭彩电话排查了200多户居民。

"社区太大，人口太多，疫情防控光靠社区网格员力量根本不够，多亏他们来了，真的帮了大忙。"鄂州一位社区工作人员告诉记者，大年三十，区发改经信局的工作人员前来增援，每天到社区报到，帮助社区工作。

这几天，面对防控压力，一些社区出现了人手紧张的问题。在武汉，琴断口街工委向辖区党员发出《琴断口街工委关于成立抗击疫情党员先锋突击队的倡议》，3 个小时左右，微信群就被刷屏了，街道的机关、社区 105 名党员报名，另有近 20 位居民党员、退休老党员、物业公司党员报名。"这也是我们为了缓解当前街道人员不足、实施一线练兵的新尝试。"琴断口街党工委书记赵亮介绍。

既要协助居民初筛，又要分配"社区专车"，基层社区每天要直面居民，完成大量工作。他们，是居民身边的"逆行者"。

叶斯良是武汉江夏区湖泗街邬桥村新当选的党支部书记，虽只上任一年多，但此次疫情暴发后，他毫不犹豫冲向疫情防控一线。得知自己的村里要设立监测站后，他又主动请缨，在村委会的临时食堂里当起"伙夫"，为监测站的工作人员提供后勤保障服务。

在疫情防控工作中，有部分村民对"戴口罩"不理解，不以为然，甚至指责和谩骂。面对村民的不理解，他只能一遍又一遍解释。

很多人关心，对于新型冠状病毒感染的肺炎疑似患者，社区该怎么办？记者来到东湖高新区左岭街社区卫生服务中心新院区、佛祖岭社区卫生服务中心新院区，这里是集中观测点。

相关工作人员介绍，他们将经社区卫生服务中心初步筛查、发热门诊复查后，未确诊为新型冠状病毒感染的肺炎但伴有相关症状的肺炎患者集中观察。

"哪里需要，我们去哪里！"江汉区常青街常青红色突击队队长吴开怀说，他们发动辖区 10 个社区党组织、24 个"两新"组织共 166 名党员，组建成立 34 支"党员突击队"。

吴开怀介绍，社区居民打电话到社区，社区派出应急小分队赶到发热人员家里，之后送到社区卫生院，确认后开出转诊单，从社区卫生服务中心接到红会医院或者中心医院，如果没问题他们再负责送回家。

记者看到，应急小分队 15 名队员身穿防护服，第一时间将在社区卫生服务中心就诊的发热病人送到后湖、同济和新华医院等指定医院。

创新：让防控充满人文关怀

镜头扫描

在七里晴川社区不远处的七里一村，社区副书记刘锦凌，正在用微信小程序中的"统计助手"，做了一个《七里一村社区居民疫情摸排表》，发到 10 多个社区居民群里，让居民通过这种方式上报各自的情况。"上门看、打电话问，之前我们都用这些老方法来搜集居民情况，说实话效率不高，有的居民在电话里还不太想多说，而且情况不断在变，每天都要不断更新。"刘锦凌说，用新的办法，不仅可以收集居民需求，而且整理起来非常方便，我们就是要不遗漏任何疫情。

在湖北咸宁嘉鱼县，县委统战部常务副部长方永红，正在梁家山社区指导疫情防控工作。方永红说，我们将全力以赴做好"入网、入格、入户"排查等工作，确保排查到位、防控到位、宣传到位。

嘉鱼县有一个创新举措——城市社区"大党委"落实疫情防控。"大党委"如何运作？由联点县领导、驻区单位党组织和社区党组织共同组建而成。居民有问题，向"大党委"反映；有传闻，找"大党委"核实；有困难，找"大党委"解决。

一线防控工作中，党员就应该有党员的示范作用。在湖北赤壁，中伙铺镇中伙社区党员文伟明挺身而出，牵头组织党员群众筹措医用口罩 3.7 万只，及时送到疫情防控一线。

目前，赤壁市已有 1129 个基层党组织、14000 名党员参与疫情防控工作，组建临时党组织 400 多个，抽调 3000 多名党员和干部充实到防指部、留置调查队、防控督导组、果蔬供应点、城市小区工作队等防控一线。

如何保证工作效果？赤壁的 13 个疫情防控督导组每天坚持深入各乡镇、村（社区）、村湾和居民小区，一竿子到底督导防控工作，发现和帮助解决防控工作中存在的困难问题 100 多条。

当下，被隔离的群众生活状况受到社会广泛关注。就此，记者来到武汉汉阳区，该区安排了三处集中隔离观察点，并征用了酒店。生理检测、分诊、对接、核实、接待、入住……琴断口街七里晴川社区副主任盛夏忙得不可开交。安置好其中的 2 名患者后，他原本可以回到社区，但他没有离开，而是对接街道每一位需要集中隔离的病人，并安排他们到酒店隔离。

酒店没有服务员，他当起服务员；房间空调失灵，房间灯光不亮，他又当起检修员；居民无法就餐，没有洗漱用品，他又化身"外卖小哥"，为 22 名居民买来晚餐和生活用品……

正在自我隔离的盛夏说："这些都是我应该做的。如果他们得不到好的安置和隔离，回到社区可能会发生交叉感染。"

这段时间，不少社区工作人员工作压力大，他们也面临着焦虑情绪。如何进行疏导，这是不得不做的问题。前两天汉阳区"彩虹计划"24 小时暖心专线开通 3 天后，心理咨询师高峰电话接待了首个基层工作人员。

求助者是街道下沉到社区的干部，工作中他与社区书记发生了言语误会，"大家都很着急，可能语气重了点"，让对方产生了抵触情绪，导致任务布置不下去。街道干部碰了壁，又不知道如何化解误会，便想到咨询心理热线。

高峰建议这位来求助的街道干部先安抚对方的情绪，缓和一下关系，过两天再委托其他人转达任务。

"社区工作人员面临的情况非常复杂，时间紧，任务重，很容易产生情绪问题。如果不及时疏导，既不利于防疫工作开展，对他们的自身健康也有害。"高峰表示。

社区防控，正是湖北不得不关注的大问题。湖北省委主要领导说，要把社区、农村作为整个防控工作的第一道防线，必须抓好社区、农村的疫情监测、上门接诊等基础性工作。

目前，湖北正在抓紧部署发热疑似患者的初筛，分流普通发热患者，为"应收尽收""应治尽治"腾出空间。

（本文 2020 年 2 月 3 日发表于《光明日报》，

作者包括晋浩天、章正、卢璐）

6.

进击，『揪出』病毒

在抗击病毒的一线上，很多年轻的
科研工作者和吴昊一样，舍小家为大家，
但并不悲壮，反而是一种对小家的温存
坚守。

2020 年

二月

4

日

2 月 3 日，在武汉华大基因的病原 pcr 实验室，工作人员正在检测新型冠状病毒核酸检测试剂盒的样本。（章正摄）

武汉，正在与时间竞速。为"揪出"病毒，一群科研工作者正在与疫情赛跑。

2月3日，记者来到武汉东湖国家自主创新示范区科创南路，一箱箱新型冠状病毒核酸检测试剂盒正准备装车运出。武汉华大医学检验所有限公司疾病方向负责人吴昊双眼通红，语速很快地向记者介绍："我们现在满负荷运转，我已经三天没睡觉了。"

当下，人民群众最关心的是，武汉检测病毒的试剂盒产能如何？目前，这里共有6家生物企业正在生产试剂盒。"他们开发出新型冠状病毒检测试剂盒产品，预计总产能可达20万人份/日。"湖北省科技厅厅长王炜介绍。

本报武汉一线报道组专门走访了研发、生产第一线，了解试剂盒的生产供应状况。

探秘：试剂盒如何诞生

"现在，我们所有的试剂盒都是在武汉生产，已经备足了原料，新储备了 30 万人份试剂盒的原料。"华大基因武汉抗疫前线主力、华大因源医药科技有限公司 CTO 吴红龙，向记者介绍了生产情况。

吴红龙说："经过近几天的紧急生产，华大基因已经完成了约 30 万人份的新型冠状病毒检测试剂盒的生产，华大基因日均产能已达到 8 万人份 / 日，极大地缓解了试剂盒供应压力。"

试剂盒检测只是检测的一个环节，之后还要进入实验室进行分析。记者看到，这里的超高通量测序仪 DNBSEQ-T7 高速运转，实验室的工作人员正在 24 小时不停地进行检测。

这支团队为什么能这么快运转起来？背后的科研者的努力、国家的支撑力度，从下面这个时间轴鲜明地体现出来——

——1 月初，华大基因紧急组织科研及生产力量，开始针对新型冠状病毒研制相关试剂盒；

——1 月 14 日，华大基因成功研制新型冠状病毒核酸检测试剂盒（RT-PCR 荧光探针法）；

——1 月 21 日，华大智造紧急增加部署的超高通量测序仪 DNBSEQ-T7 高速运转，驰援疫情；

——1月22日，新型冠状病毒检测试剂盒进入国家药监局应急审批通道；

——1月24日，华大基因宣布向武汉市捐赠10000人份新型冠状病毒检测试剂盒；

——1月26日，华大基因新型冠状病毒2019-nCov核酸检测试剂盒（荧光PCR法）和新型冠状病毒2019-nCov核酸检测试剂盒（联合探针锚定聚合测序法）及分析软件正式通过国家药监局应急审批程序，成为首批正式获准上市的抗击疫情的检测产品；

——2月2日，华大集团参与的《抗疫灭毒驰援武汉联合行动倡议》已获131家基因企业积极响应。

"关键时刻，我们不考虑经济账，我们现在要做的就是把产品的质量做好。"从1月初开始研制，相关试剂盒用3天时间完成初步研发，在完成后续试剂盒工艺和质量控制等环节后，华大基因于2020年1月14日正式完成成品试剂盒的全部研制工作。

进展：试剂盒究竟如何检测

人民群众很关心，试剂盒这么快被研发出来，检测究竟准不准确？吴红龙向记者展示了华大基因研制的两款试剂盒。他介绍，在试剂盒研发过程中，华大基因团队发现，由于该病毒与蝙蝠类 SARS 病毒的同源性较高，需要针对 2019-nCoV 设计特异检测试剂盒，确保准确鉴定，避免形成交叉误判。

记者在现场了解到，一款试剂盒的特点是"快速"，基于 RT-PCR 技术的快速检测试剂盒；另一款特点是"全面"，则是基于高通量测序的宏基因组检测试剂盒。两者有什么区别？打一个不太恰当的比喻，第一款检测方法，就像是"钓鱼"，通过核酸检测，根据病毒的基因去寻找病毒基因。第二款检测方法则像是用网"捕鱼"，面对基因的数量更广，通过数以亿级的基因信息细致比对，发现病毒基因。

记者来到检测的实验室，工作人员小王正在忙着把检测样本通过传递窗口送入实验室。脱下手套，她告诉记者："我们的试剂盒发放到医院，有实验室条件的医院可以自己在实验室检测。如果没有条件，可以把采集的样本直接送到我们这里，我们 24 小时工作进行检测。"

如何进行检测？前几天，记者在医院看到，医生对疑似患者进行咽拭子检测，通俗来说，就是从人体的咽部蘸取少量分泌物，这样检测的准确率较高。

"昨天我们就检测了样本近 1000 例。"技术人员丁增荣告诉记者，根据疫情的检测需要，他们这个团队每天的检测量最高在 4000 例左右，现在，他们正在新建实验室，预计未来能达万例。

　　针对群众非常关心的检测时间问题，丁增荣说："从理论上说，我们 3 个小时就能完成快速检测，但是事实上，从样本的成批运入，再到我们的准备，实际的时间稍长，我们正在通过优化工作流程，让当天的样本都能处理完。"据他介绍，如果到了万人的样本量，未来在 24 小时就能做完。

　　为了跑过疫情，检测必须加速奔跑。湖北省政府要求要尽最大努力加快病例检测，增强医疗机构检测能力，发挥第三方检测机构作用，简化填表流程，加强检测样本送检调配和检测质量控制，省防控指挥部要下达任务书，医疗检测机构要立下军令状，最大限度挖掘检测潜能，保障检测机构医疗物资供给，确保在两天内消化检测存量，对完不成任务的要追责问责。

　　2 月 3 日，工业和信息化部党组成员田玉龙表示，我国的核酸检测试剂是一种比较有效的传染病检测手段。试剂盒目前是由卫生系统和医院直接从企业采购，到 2 月 1 日，日产量已经达到了 77.3 万人份，相当于疑似患病者的 40 倍，从总的供应来看，已经基本满足要求。

加速：检测能力正在提升

"我的爱人是武汉第六医院的医生，这几天她也在一线忙碌，孩子刚断奶，只能委托家里的老人带了。"30 岁的吴昊是华大基因武汉团队的成员，这几天他一直在试剂盒生产的一线忙碌着，尽管开车 5 分钟就能回家，但他也没有回去看看孩子老人。

"我一定要战胜疫情，这是我和爱人共同的目标，为国家解决问题，就是保护我们的小家。"吴昊说。在抗击病毒的一线上，很多年轻的科研工作者和吴昊一样，舍小家为大家，但并不悲壮，反而是一种对小家的温存坚守。

还有一对新人，原本计划在 1 月 29 日登记结婚，但他们主动响应华大征召，双双前往武汉一线进行支援。在同事的见证下，两位新人在武汉华大办公楼举办了一场简单而又值得铭记一辈子的婚礼。

这样的故事还有很多，一位刚走出实验室的年轻人告诉记者，这是一场艰难的与新型冠状病毒之间的战斗，只要国家有需要，我们就会利用自己的专业，全身心地投入攻克一道道难关。记者了解到，几天来，两批华大队伍逆向而行，38 人进入武汉，12 人进入黄冈，在经过接触史、身体状况排查，检测阴性后进入工作岗位。

　　面对难关，中国的年轻科学家们正会聚在一起集体攻关。

　　与大众认知所不同，检测盒的生产只是一方面，更具挑战的是病毒基因分析，其中最大的难点是对基因测序之后，对一个个基因片段的拼接。"我们的技术是世界领先的。"吴红龙在华大基因负责技术，他介绍，华大智造的 DNBSEQ-T7 测序系统，可以依据试剂盒采集的样本进行分析，这是目前全世界日通量最高的测序仪。

　　正是在这样的技术储备的支持下，检测的技术攻关正在加速：

　　——武汉大学中南医院医学检验科通过改良核酸提取方法，使得确诊结果得出速度比以前增加一倍，最快两小时即可得出核酸检测结果；

　　——华中科技大学同济医学院附属协和医院在省内率先成立了新型冠状病毒核酸检测实验室，每天可开展核酸检测项目 200 人以上。

　　"检测技术的提升将大大提高确诊率，实现早发现。"王炜介绍，在快速检测技术产品研发方面，湖北已开展啮齿类、雪貂、非人灵长类的新型冠状病毒动物感染实验；完成了新型冠状病毒核酸荧光 PCR 法检测试剂盒的优化，正等待国家医疗器械注册许可证；完成新型冠状病毒血清学检测试剂盒研发。

　　科研工作者的联合攻关也在进一步扩展，并得到了强有力的支持。在湖北，中南医院与中科院武汉病毒所就"新型冠状病毒在病原学与流行病学上的合作研究"达成合作协议，联合开展"纳米孔靶向测序在武汉新型冠状病毒的快速诊断"研究；针对中科院武汉病毒所在科研攻关、药物筛选、病毒样品采集、接受和检测过程中所需防护用品短缺、实验动物饲料短缺及动物实验检测和验证等问题，保障科研工作高效开展。湖北省副省长肖菊华说，对科研攻关需要协调事项，要按照"一事一报，特事特办"的原则，及时运转，清除"障碍"，畅通"绿色通道"。

（本文 2020 年 2 月 4 日发表于《光明日报》，
作者包括晋浩天、章正、卢璐）

7.

他们的笃定让生活温暖

"我们不煽情，有需要就直接上，不管需要多久，我们年轻人誓与武汉共进退。"

2020 年

二月

5_日

　　环卫工人、快递小哥、"专车"司机、防疫志愿者……非常时期，平凡伟力，这些每一次擦肩而过都不曾引人注意的人，正在为武汉挺过最艰难的日子增添难以言说的温暖和力量——

　　立春。此时的武汉，仍沉寂凝重，但生活在继续，城市在运转。

　　环卫工人、快递小哥、"专车"司机、防疫志愿者……当大多数人被迫宅在家里时，他们却一直在街头，一直在路上……他们保障城市的正常运行，他们是武汉的守护者。

"把垃圾处理妥当，才能真正为大家创造一个健康的环境"

　　熊鹏德（环卫工人），最想对家人说："我们必须要顶上，不为什么，只想快点消灭疫情。"

凌晨 3:30，城市还在酣睡。熊鹏德准时钻出被窝。简单洗漱后，熊鹏德拿起清扫工具向振兴二路走去。这是他最熟悉的"地盘"，数不清每天要在这条路上走多少个来回。

4:00，天还是黑的，熊鹏德的工作开始了。"我就是一遍一遍地扫，等清扫工作结束，抬起头来，天已经亮了。"

这只是一部分。7:00，他另一份保洁工作又开始了，还是熟悉的街道，他这一干，就干到晚上 6:00 了。"别的我不行，但我清扫、保洁绝对没问题，垃圾清得一定干净。"说起自己的本职工作，这位 8 年前从孝感来到武汉务工的 55 岁汉子，一改先前的腼腆，质朴的脸上多了一丝不容置疑的底气。

"我妻子也是一名环卫工，现在，我们最希望的就是把街道的卫生搞好，给大家带来一个好的环境。我总跟老婆说，卫生多重要啊，我们必须要顶上。不为什么，只想快点消灭疫情。"说着一口不太地道的普通话，熊鹏德的语气却很坚定。

下午 1:00，在振兴二路上，记者与熊鹏德边走边聊，又遇到了一位环卫工作者——黄友军。这位江汉区常青街环境卫生管理所的所长，已经连续工作了 6 个小时。整了整口罩，他告诉记者，现在，环卫工人不仅很累，还很危险。"垃圾里满是病菌，现在是特殊时期，大家更会避而远之。如果说，医院是疫情主战场，那垃圾箱、废弃用品便是我们的主战场。把垃圾处理妥当，才能真正为大家创造一个健康的环境。"

特殊时期，不容退却。自从疫情开始后，黄友军就再也没回过家，"我妻子也在社区工作，我们俩都不敢回家，只能住酒店，把孩子一个人留在家里。"

"担心吗？"记者问。

"说不担心是假的。但我们现在所做的一切，都是为了尽快渡过难关。到那个时候，我们一家人就可以热热乎乎地吃个团圆饭了。"说话间，阳光照在黄友军的脸上，格外亮堂。

"不管需要多久，我们年轻人誓与武汉共进退"

华雨辰（防疫志愿者），最想对家人说："保护好自己也是保护好你们。"

12:00，摘下口罩，捧着盒饭，随便找了个人少的地方坐下，90后志愿者华雨辰刚送医护人员到中南医院，就到20公里外的北湖收费站，快速地扒拉两口午饭准备上岗了。她笑着说，自己干了两份志愿者"兼职"。

"您好！测一下体温。"穿上红色的志愿者马甲，她拿着体温计，站在路口，成为疫情防控志愿队成员。这几天，她一直很忙碌，趁着工作间隙，她和记者聊起自己："我是钢花小学的音乐教师，一直在关注疫情的动态，1月23日，在朋友圈看到青山团区委正在招募驾驶志愿者，我马上就报名了，为医护人员提供接送服务。"

这几天，她接送了十几位医护人员，在青山、武昌、汉口等各个区来回开车接送。这也是华雨辰第一次近距离接触医务工作者。"让我感到意外的是，医生护士不少人年龄比我还小，有 ICU 的护士、重症病房的医生。"她说。

让她印象深刻的是，她接送了一名护士长，华雨辰看到她上车前一步三回头，嘴里说着安慰丈夫的话，还不忘叮嘱把家里的老人和孩子照顾好。一路上，她在电话中不断地协调科室人员排班，声音都很沙哑。

"在武汉，这里有最普通的一群人，也是最了不起的人。"华雨辰说，对于志愿者来说，工作有一个原则就是要帮忙，但不能添乱，哪里有需要就去哪里。

1 月 25 日，司机志愿者人数多了，她听说招募疫情防控志愿者，就主动加入，来到武汉的二七桥上成为检测值守的一员，配合交警检测来往车辆人员的体温。

此时，车辆过检缓慢，大多数司机都很配合，华雨辰每测量一个人都会微笑着说"体温正常"，很多急躁的司机也会态度转变，向她点头表示感谢。"还有很多司机会主动说一声'你们辛苦了'，有的甚至会从车窗丢出口罩和酒精喷雾，嘱咐我们要多保重，一幕幕体现着武汉的人情味。"

如往常一样，2 月 3 日，华雨辰回到家第一件事就是消毒，主动在房间内隔离，"到现在爸妈还不知道我每天出门做志愿者，我告诉他们在单位值班。"她紧接着说，"不告诉他们是怕他们担心，我也会严格做好消毒和防护，保护好自己也是保护好他们。"

武汉，许多青年志愿者投入一线，这是对城市的信心。华雨辰也不例外，在运送物资的现场她还碰到一位学生的家长，一直没休息，为支援的医疗团队做后勤保障。当时与对方一起搬运物资，听说另一位学生的母亲就在这个医院病房，她鼻子一酸，眼眶瞬间湿润："无论是家长还是老师，我们都应该为孩子做好榜样。"

有的孩子，通过家长的微信，给她发来微信，告诉她要注意安全。她说："我们不煽情，有需要就直接上，不管需要多久，我们年轻人誓与武汉共进退。"

"我们能够奔跑，觉得特别有意义"

袁双（快递小哥），最想对家人说："寒冬过后，温暖终会抵达。"

14：21，武汉快递员袁双当天的第62个快递单即将完成。记者见到他，他戴着口罩，一路小跑，口罩外侧一鼓一鼓的。"你把快递放门口吧。"客户隔着防盗门在屋里说，这是这几天送快递的常态，很多客户都不想面对面地收件。正当袁双转身离开，没想到门开了，"等一下，这是给你的，这几天你们辛苦了，也要注意防护。"袁双接过来，一看，是两个口罩。"好意外呀，客户挺关心我们的。"他笑了。

武汉，这座城市，大家相互见面次数少了，但是隔不住人性的善良与温度。这几天，在忙碌中他也感受到惊喜，在每一单包裹送达后，客户总是不停地感谢，常常从门缝里递出医用口罩，送来消毒水、医用手套、牛奶，有的还会给满满一小袋的零食和表白纸条……这段时间，这些都变得很常见。

像袁双这样的普通人，为整个城市的正常运转服务。这位90后小伙子是地道的武汉人，作为快递站点的站长，他选择留守，开启了一场场奔跑。

早上天刚亮，他看一眼手机，6点，准备起床出门。6点50，他就到了公司，拿着电子体温计，第一件事情就是给同事量体温。7点，他们开始卸货。8点，他们开始送货。

"今天的货物，有很多贴着黄色标识的快件，说明这是急需物品，我们先进行派送。"袁双说，开车行驶在空旷的街道上，他和站里的兄弟扛起了武汉汉阳区一半天猫超市包裹配送，很有成就感。

下午快1点钟了，他才有空休息一会儿。"知道你没有吃饭。"同事给他送来一份青椒肉丝盖饭。这样的关心，相互间没有道谢，更多的是眼神的示意。他趴在传送带上一边吃一边和记者聊。不到10分钟，他草草吃完饭，转身去仓库看要送的货物。下午他又将满载着市民们网购的生活物资，及时送去每一份期待。

问他为何喜欢一路小跑送货？他笑着说，作为土生土长的武汉人，也是一名快递员，在危机时刻，能在自己的岗位上为自己的城市做一点事情，"我们能够奔跑，觉得特别有意义"。

午后的阳光正灿烂，送完一趟货，他对记者说："我想让父母看看，寒冬过后，温暖终会抵达，武汉加油！"

"这几天，我要当好一名志愿者司机"

"专车"司机张一驰最想对家人说："这几天，我特别期待自己能够'下岗'。"

晚上9点，"专车"如约而至。车一停，摇下窗，记者见到戴着口罩的张一驰，带着武汉人特有的豪爽，一挥手："上车，这几天忙哟！"聊起这几天的工作，他说："昨天中建三局的朋友联系我，说有两位同事去雷神山医院建设现场报到。我下午4点接一位，晚上8点又接了一位，中途再接送两个医护人员，正好串起来不耽搁。"

32岁的他并不是一位专职司机，而是武汉市武昌区青联委员，在一家私企工作。"这几天，我要当好一名志愿者司机。"
张一驰说。

1月23日，武汉的公共交通停运。他听说很多医生护士
下班后回不了家。此时，一些热心的志愿者们迅速拉起了QQ
群、微信群，一大批勇敢的武汉市民走出家门，组成了志愿者
车队。这一天，有人粗略统计有四五千人参加，张一驰正是其
中一员。

记者翻开了张一驰的日记，文字朴素，却饱含温情——

　　1月25日（正月初一）：今天早上5点50就爬起来了，
总共接送了5位。在这个群里算少的，看到一位老哥接
了十几单。

　　1月26日（正月初二）：今天4单全是长程跨区，
每单都是20至40公里，好累。湖北省妇幼医院到金
银潭医院，汉口站到中南医院……中午12点半出门，
晚上8点回来，主要是我在外面找不到吃饭的地方，
饿得不行才回来，明天吃饱一点再出门。

武汉，现在还是冬天，但张一驰说他车内的小小空间，
却充满人与人之间的温暖。有一位乘车的医生塞给他一包口
罩，提醒一定要注意自我防护；有一位护士送了一瓶酒精，

还在车里给他示范如何使用喷雾；还有一位护士，看到他的酒精不多了，听说小超市的酒精补货了，买了几瓶扔到车里，坚决不要钱。

到了1月29日（正月初五），张一驰早上起来后，发现微信群的单明显少了，他觉得这是一个好兆头，运力缓解了。这一天他找到了新工作，区里的青联征召志愿者，大量境外援助的物资抵达武汉需要翻译人员，"我的英语水平毫无压力，妻子也是法语老师，日语N1水平。"他笑着说，语气中带些自豪。

2月4日中午，他回家睡了一觉，在家待了一会儿，看到微信群里有新消息，他说："不管了，我再拉一会儿，现在需求正在减少，不然以后抢不到单了。"

拿起手机、驾照、口罩，往副驾一扔，他又开车出门了。张一驰说："当秩序逐渐恢复，我就该'下岗'了。"

"不过，我特别期待能够'下岗'。"他又补充了一句，这也是他最近经常跟家人说的话。

（本文2020年2月5日发表于《光明日报》，
作者包括晋浩天、章正、卢璐）

8.

『我深爱的武汉，终究会好』

"二月已来，春天也就不远了，期待的樱花、热干面也会如约而至。我为什么有信心？因为我是武汉人，因为我站立的地方是中国。"

2020 年

二月

不吵，不堵车，没有早高峰，空旷的火车站，寂寥的游乐场。

武汉，仿佛被按下了暂停键。

"人与人被疫情隔离，心与心已连成一片。"这几天，一部名为《武汉莫慌，我们等你》的视频刷爆了武汉人乃至全国人民的朋友圈。

2分零2秒的短片，让武汉这个近来让人心焦、心疼的城市，以真实的面貌与国人相见。

千秋缈矣，百战归来。武汉历来就是一座英雄的城市，关键时刻，这里的每个人展现出的韧劲、爽烈、仗义，构成了今天的武汉之光。

武汉人身上流淌着一股"韧劲"

《武汉莫慌，我们等你》短片中，有一句武汉方言让人印象深刻——"我信了你的邪（意为我服了你了）"！这句方言，一下子戳中了武汉人的内心，也道出了武汉人不服输的一面。

有人误以为这个视频是武汉的最新城市宣传片，其实并不是。湖北广播电视台垄上频道形象工作室主任殷涛告诉记者，这是他们自发策划的产品，由团队7人完成。

"疫情发生之后，医护人员在前线'战斗'，我们媒体人也想做点事，我们想通过短片表现出这座城市平凡人身上的那种韧劲。"短片中有24小时工作的医生，还有火神山医院的建设者。1989年出生的乐舒婷说："自接到任务开始，团队成员们，从大年初一一直忙到大年初八，每天睡两三个小时，醒来继续干。"

"我们也会怕，但我们都很爱武汉，这里是我们的家。"乐舒婷说，她出门拍摄，丈夫阮翔开着车，带着她满城转悠，寻找最合适的拍摄素材。

如何用短片表达武汉人身上的这股韧劲？他们拍摄了武汉的欢乐谷，过去充满欢声笑语的地方，如今变得寂静。他们去了火车站，拍了多条火车轨道，此刻没有一辆高铁开走。与之对比的是，一线医务工作者和火神山医院建设现场一片忙碌。

为了让后期配音更好地感染情绪，乐舒婷甚至在家里录了一个旁白的小样，将背景音乐开到最大声，当自己录到最后那句"我信了你的邪"，她泣不成声，"用接地气的表达，才能有武汉味，才更加提气！"

历经风雨，武汉人的韧劲才会更加明显。正如《武汉莫慌，我们等你》中所说："等地铁里的人多到挤不上这一班，等大排档里吵到必须扯着嗓子说话，等去武大看樱花的人比花还多，等过早抢不到最爱的那碗热干面，等汽车把二桥堵得望不到头，我们可以笑着飙一句，我信了你的邪。武汉，我们等你；也请你们，等等武汉！"

短片中的"等"字，并非被动等待，而是一同出发。与他们一样，很多武汉人快速行动起来。

2月3日，一首抗击疫情主题的公益歌曲《我希望》在网上传播开来。歌曲讲述了一个孩子对自己奋战在抗疫一线的母亲的思念和期盼。"医护人员坚守岗位，想为他们创作一首歌曲，展现出武汉人的韧劲。"歌曲演唱者、武汉传媒学院音乐系教师吴巍丽说，词曲作者是她的老同学、湖北理工学院青年教师姚兰。

这不是少数人在努力。在吴巍丽和音乐界朋友的"棚虫"微信群里，大家发起了一个网络接力唱活动，20多位歌手和音乐人用手机录音，同唱一首《加油武汉！祝福武汉！》。"虽然我们这首歌是以医务人员为主角，但展现的是武汉人面对困难，迎难而上，从容克服的精神。"

平凡力量，聚成武汉之光，正如一位武汉网友的留言：

"我深爱的武汉，终究会好。"

"爽烈"地应对是武汉人的本能反应

走进华中农业大学生物安全三级实验室，金梅林给记者留下最深的印象就是湖北人身上的爽烈之气。

"我马上联系相关领域的专家。""我马上开车过去。""我们马上着手写项目的建议书。"与记者谈起湖北省新型冠状病毒感染的肺炎应急科技攻关研究项目的启动过程，华中农业大学生物安全三级实验室常务副主任金梅林用了三个"马上"，语气有些急切。

"救人如救火，我们只能跟时间赛跑。"多年来从事疾病防控领域研究的金梅林，在多次突发公共卫生事件中都冲在了前面。

这次，由中科院武汉病毒所牵头、中科院武汉病毒所石正丽研究员任组长、金梅林等13位相关学科专家组成的新型冠状病毒感染的肺炎应急科研攻关研究专家组迅速成立，同步启动了应急科技攻关研究项目，围绕疫情相关特征，快速确定了着重在快速检测技术产品研发、疾病发生、发展和转归规律及临床诊治、抗病毒应急药物和抗体类药物等8个方面开展科技攻关。

金梅林告诉记者，现在全国人民都在尽最大力量驰援武汉，武汉人更应该展现良好精神风貌，"爽烈地面对问题，不被眼前困难压垮，我们的背后是全中国，我们有信心战胜疫情"。

车程 13 公里之外，中国地质大学（武汉）国际教育学院党支部书记、副院长许峰正在麻利地布置任务，与记者的交谈语速飞快、干脆直率，"面对疫情我们丝毫马虎不得"。

前几天，一位坦桑尼亚籍留学生伊利亚向许峰求助，反映自己出现浑身刺痛、发抖、胸口发热、呼吸困难等症状，并伴有咳嗽，情绪极其紧张。学院第一时间安排其前往校医院检查，检查结果显示一切正常，大家松了一口气。

"这位学生的情绪仍然很紧张，我们老师每天都给他多次发信息，询问他的身体状况。"许峰说，两天后这位学生反映情况好转，紧张情绪随之消散。

面对留学生，许峰坦言工作的压力不小："留学生公寓内660 个房间已全面消毒，对接物业服务中心做好每天公共卫生间、公共厨房和公共区域卫生消毒、通风，在留学生公寓楼内每层的公共卫生间、公共厨房放置消毒液和洗手液……必须事无巨细都考虑到。"

学校的老师被快速地动员起来。他们设置了联络员制度，以国别将在校国际学生分组并设置教师联络员，发动在外地休假的教师 20 余人，组建微信联络群，把 437 名在武汉的留学生分为 18 个组，实行点对点网格化管理，形成一对多师生双向联络制，通过微信群等渠道实时关注学生的身体健康、心理动态及个人动向。

正如一位留学生所说，面对疫情，他们也有过担心，但是看到学校组织有序，看到新闻报道中全中国都在迅速行动，也就不再担心了。

这就是武汉人爽烈性格的典型表现——行动快，敢担当。这样的执行力，让人们看到了中国抗击疫情的决心。

武汉人的"仗义"从不缺席

有人说，武汉人的性格中，有一种"敢为人先"的精神，面对疫情，这座志愿者之城又处处闪耀着人文关怀。两种精神，激烈碰撞融合，体现出的是武汉人的仗义。

疫情之下，武汉面临着许多困难。对于普通人尚且如此，鳏寡孤独者更甚，不过这难不倒武汉人。"我们春节刚发起了'爱心进社区'活动。短短四五天，在我们的朋友圈中就募捐了 120 万元现金，物资也有 200 余万元。"梅钦鹏说。

54 岁的梅钦鹏是湖北省公安厅的处长，作为公安干警的他大年三十和正月初一都还在值班，但是脱下警服后他就以一个志愿者的身份第一时间投身了社区公益。

"我们救助的主要对象是武汉底层困难群体，包括残疾人家庭、孤寡老人家庭、低保家庭和环卫工人。他们因为收入低、行动不便，以及禁行限制，疫情期间基本生活物资非常匮乏。"他说。

"这几天，依靠街道和社区的干部，我和小伙伴们点对点上门捐赠。5 天时间（1 月 30 日至 2 月 3 日）已先后捐赠武汉 6 个街道约 9700 户贫困家庭，每户捐赠蔬菜约 32 斤，共计约 155 吨，价值近百万元。从 4 号开始，我们的工作重心转向武汉市的福利院、养老院、救助站等民政系统的基层福利单位，向他们提供抗击疫情期间生活所需的米油蔬菜等食品。"梅钦鹏说。

梅钦鹏只是众多武汉人的一个缩影，此时，还有许多仗义的武汉人正在行动。

2 月 3 日晚上 11 点多，武汉大学一个辅导员的手机响了起来。打来电话的是一位来自离异家庭的在校生，她和奶奶两人在汉口的家中过年。"3 号当天，这个同学的奶奶确诊为新型冠状病毒感染的肺炎。住在另一处的爸爸连夜去医院挂号，而她和生病的奶奶在家。她极度害怕，心理接近崩溃时给辅导员打了电话。"武汉大学经济与管理学院本科生工作办公室主任周立超说。

"通过学校的多方协调，4 号就让这名同学的奶奶得到收治住院。这位同学和她的爸爸进行了分开隔离，我们也一直关注她的心理状况，给予心理援助和关怀。"

因为疫情，大学将推迟开学，但是高校里的辅导员却早在家里开始了工作。一些学生已经回家，短时间内不会返校，辅导员要日夜留心、积极疏导。还有一些学生滞留学校，在特殊时期，学校对这些学生也要有妥当的照顾。

"目前，留在学校的学生在宿舍里不用出门，早中晚三餐都是学校配送。学校里有一个自强超市，是我们开通的线上购物配送服务，商品直接送到宿舍门口。"周立超说。

疫情，给武汉人带来了困难，也让更多人团结起来，这是武汉之光，让这座英雄城市一路向前。正如一位武汉人所言："二月已来，春天也就不远了，期待的樱花、热干面也会如约而至。我为什么有信心？因为我是武汉人，因为我站立的地方是中国。"

（本文 2020 年 2 月 6 日发表于《光明日报》，作者包括章正、李盛明、晋浩天、安胜蓝、卢璐、李政葳）

9.
我们出院了

"今天是我们'重生'的日子!"

2020 年

二月

7

日

阴雨绵绵，气温骤降，2月6日的武汉市区，天气并不好。但在湖北省中西医结合医院，一个好消息打破了数日来的紧张气氛——18位新冠肺炎患者，通过中西医结合治疗顺利出院。

湖北省中西医结合医院院长安长青介绍，这些患者中，年龄最大者67岁，年龄最小者23岁，其中重型患者1人，普通型患者17人，住院天数最长18天，住院天数最短6天。

他们的故事，为全国人民战胜这场疫情，注入了信心与力量。

"今天是我们'重生'的日子"

"经过大家的努力，你们现在可以顺利出院了！"6日上午，湖北省中西医结合医院为这18位患者举行了简单而隆重的出院仪式。

"刚开始感觉胸闷、心慌、咳嗽，确诊住院后经过医护人员的精心治疗，后面明显感觉呼吸顺畅了很多，现在检测各项指标都正常了。"一名出院的年轻女性欣喜地说，"今天是我们'重生'的日子!"

一旁的一名58岁重型患者在刚入院治疗时病情严重，高烧至38.9摄氏度，只能保持仰卧姿势，想要翻身都需要别人帮忙，几乎无法说话。经过治疗，他现在已经明显好转，可以自由行动，说话也不喘了。他的妻子也因新冠肺炎在医院接受治疗，"我相信她也一定能康复"。

"出院后还有些注意事项，我再和大家说一遍。"临行前，医护人员悉心叮嘱，"第一条，要坚持吃药，因为有些症状的恢复期还需要一段时间；第二条，要继续在家隔离两周，这段时间也是恢复时间，隔离时万一还有问题，随时跟我们联系。"

语毕，18位顺利出院的患者一齐鼓掌，异口同声地道了声："谢谢!"

中央指导组专家组成员、中国工程院院士、天津中医药大学校长张伯礼说，这批患者接受的是中医为主的中西医结合治疗方案，出院只代表没有传染性，但病人还是会有乏力、咳嗽等症状。在恢复期，病人还需要吃中药改善咳嗽、恢复体力。

"两条腿走路总比一条腿走路好"

"刚开始，有些患者不太理解中医药治疗。但经过一段时间的治疗，患者症状大都得到缓解，体力明显恢复，对抗病魔的信心也更强了。"广东省中医院医生王军飞说。

记者了解到，湖北省中西医结合医院是新冠肺炎疫情发生以来，最早收治感染患者的医院之一。自1月29日起，广东省中医院接管了湖北省中西医结合医院的部分病区。

回想起第一次走进病区的场景，王军飞印象深刻："整个区域非常安静，这比想象中的压力大很多。比如，1号床、34号床患者没有什么力气，几乎不能说话，就连大便都是便秘的状态。"

院方专家组迅速确定了治疗方案，从1月29日晚开始熬夜做处方，第二天患者便喝上了中药。"两天后，患者情况开始逐渐好转，和他们说话交流都能有所反应，可以坐起来了。"王军飞说，这段时间他们每天要查房，与患者细致地交流病情，并据此对用药情况进行不断微调；其间，他们还多次与北京、上海的高级别专家进行远程连线，讨论患者病情，以进一步确定更翔实的诊疗方案。

"两条腿走路总比一条腿走路好。"广东省中医院副院长张忠德说，2月5日出院的患者接受的是纯中医疗法，病区其他接受纯中医疗法的患者恢复情况也都较好。"这次大家顺利出院，可以说是集合全国中西医药人群的智慧和力量。后续我们将不断修订、完善诊疗方案。"张忠德说。

（本文 2020 年 2 月 7 日发表于《光明日报》，

作者包括李政葳、晋浩天、章正、李盛明、卢璐）

10.

『元宵前夜，让我们守护万家灯火』

"对于医务工作者来说，虽然生死离别场景见得多，但他们依然充满人情味，面对病患，永远都有一颗柔软的心。"

二月

8 日

庚子年元宵节，不同以往。疫情围城下的武汉，安静凝重。

今夜团圆。但他们，却难团圆。

医生、护士、社区干部、心理咨询师……为了战胜疫情，越来越多的人正在冲向战"疫"最前线。

元宵前夜，他们在守护万家灯火。

医生："希望每一家都可以团圆"

元宵节心愿："希望……希望明年的元宵节，每一家都可以团圆。"

"昨天接到指令要建立青山区的方舱医院和疑似病例的隔离医院，今天早上8点就和我们医院的院感专家一起赶来了。这两处地点，都需要我们和后勤安保人员、工程施工人员对接一下。"武钢总医院内分泌科主治医师林萱忙碌的一天就这样开始了。

增加床位、治病救人在疫情紧迫的当下，显得格外重要，而快速建造一个具备传染病医疗能力的场所，绝非易事。"时间太紧张了，但我们医护人员的医疗区域标准和防护要求不能降低，还有病人区域的生活需求和隔离要求都要安排好。"她说。

疫情无小事，每个细节都人命关天。"早上就要把消毒、隔离的医务工作流程进行紧急梳理，这样工程施工方才能按照我们的要求，对房间进行消毒隔离分区的改造。然后，我们要筹备好所有的医疗设备和医护用品，分别运送至两处进行交接。下午，我们就去这两处进行人员培训，包括细化医务人员的工作流程、分工排班、接诊流程等。对于后勤安保人员，我们也要进行无菌、隔离、院感方面的培训。"对于专业领域的事项，林萱严谨而自信。

当下，对于普通人而言，安于一隅、阖家团圆就是迎接新春的幸福。可是对于白衣天使，这个春节却是艰辛的。"元宵节肯定就在医院和我们队员一起过了。"林萱淡定地说。

护士："最大的愿望是让患者能够顺利回家"

元宵节心愿："这个元宵节有不同的意义，希望所有医务人员能够平平安安，最大的愿望是让患者能够顺利回家。"

早上5点，唐珊抓起一大包酒精棉，一路小跑到酒店楼下，接下夜班队员的车一停，她就迎到了车门口。看到队员们满是倦容，她给予微笑和鼓励："辛苦啦！进入酒店前，做一次消毒，按照之前的流程，注意鼻孔和面部、耳郭的消毒，一会儿回去洗个澡，抓紧时间休息。"

他们是山西医科大学第一医院第二批援鄂医疗队的队员，副队长唐珊的家乡在湖北天门，对于这一次别样的"回家之旅"，她说："拥有护士和湖北人的双重身份，支援义不容辞。"

跟随着队员，唐珊不停地叮嘱这儿叮嘱那儿，半小时后，队员们陆续回到各自房间，又一次消毒完后，她才得空，"说实话，我很担心队员们的安全，晚上只睡3个小时，但我必须微笑着面对他们，队员们刚下'战场'，有很大的工作压力，回来后我尽量缓解他们紧张的情绪"。

5天前，山西一批医护来到武汉。唐珊带着小分队来到华中科技大学同济医院中法新城院区，与北京的中日友好医院医疗队员们一起"战斗"，管理着50位危重病人。

"保护自己才能救助别人。"唐珊说，每次他们进入病房前，即便戴上了护目镜，还要在一些缝隙处填上纱布，不能让皮肤裸露在外，还会戴上至少三层手套，鞋套也会套上几层，"确保工作时防护用品不会被撕扯开。穿戴整齐之后，大家发现行动笨重，开玩笑说自己成了'宇航员'"。

在病房，患者情绪难免产生波动。前两天，男护士王进喜当值中，11 床患者急躁地对他说："这几天自己有些气紧，说了好几天了，没人给吸氧。"王进喜没说什么，立即对他进行血氧监测，血氧检测仪显示值为 98。

"你还可以，不需要吸氧。"对方却说："可以什么啊？要不我当护士，你们当病人好了。"王进喜听着有些委屈，但为了照顾患者的情绪，马上向医生汇报后，为患者上了 1 升的低流量吸氧。王进喜说："我嘱咐他注意休息，后来再进他的病房，他又主动说了声'谢谢'。此刻我明白他需要的不是氧气，而是关爱。"

"一声道谢，两个男人之间没有更多言语表达，但情绪迅速化解。特殊时期，对病人更需要有耐心。"唐珊对记者说。

护士梁洁到武汉上岗的第一天，推开病房门进入眼帘的是一个泪流满面的老人躺在病床上。"怎么了？"尽管操作要求是尽量站在床尾和病人交流，可看到这样的情况，梁洁没有多想直接站在爷爷身旁询问情况。

老大爷用梁洁听不太懂的武汉话说了一句："我想大便。"看着老大爷的眼神，梁洁直接过去就给爷爷擦掉眼泪并安慰说："不怕，我们会帮助您的，放心！"

她和同事王斌立即忙活起来，帮助老大爷排便，之后还帮助他翻身。随后，只要他俩走进病房，老大爷总会不断地说感谢，巡房一次就感谢一次。

"对于医务工作者来说，虽然生死离别场景见得多，但他们依然充满人情味，面对病患，永远都有一颗柔软的心。"唐珊对记者说。

"他们就像是我们的亲人，我们想着尽快给他们治好。"唐珊和队员们第一天进入病房，病区有45名病人，给每个人抽了8～10管血，工作负荷之大可想而知。

如何让医疗人员全身心地投入工作？唐珊精细地"排兵布阵"。来武汉的医护人员都是从各个科室抽调的，彼此间不太熟悉。她首先会对年龄和工作年限进行摸底，尽量做到新老成员搭配。在此基础上，她还会考虑医护人员的性格，活泼的与相对沉稳的搭配，优势互补更好配合。唐珊说，大家有什么需求，随时进行反馈，以便及时调整。

"虽然在病房一个班的工作是4小时，但是从出发到准备，前后差不多8个小时左右，现在我们最大的任务是保证大家休息好。"唐珊介绍，即便在休息时间，大家也没有闲着，忙着接收来自山西和当地分配的物资。没有一个人有怨言，因为他们共同的目标就是尽快战胜疫情。

对于马上就要到来的元宵节，唐珊的同事出去采购了方便面、毛巾等一些生活用品，没有庆祝，也没有礼物，就是为了保障大家在武汉安心工作。

采访结束起身与唐珊道别时，原本漆黑的夜晚已渐渐明亮。唐珊手机振动了几下，她掏出手机一看，5 岁的孩子从老家发了一段微信语音："妈妈我已经起床了，你也起床了吧？姥姥让我告诉你，要按时吃饭。"

唐珊笑着对记者说："你看，离开时间虽然不长，但孩子懂事了，学会关心我了。"还没说完，手机响起，唐珊翻开手机里面的值班表，按照安排，明天正好是元宵节，刚好轮到她进入病房工作了。

患者家属："元宵节就一起吃个汤圆吧"

元宵节心愿："希望医院不要传来什么坏消息。希望爸爸能健康出来。"

封城后的每个清晨，都是武汉最安静的时刻，大多数人根本无须早起，而那些真正早起的人，每个都各怀心事。昨天的一场雨，让武汉更加阴冷。"我早上 7 点多就跑去医院给爸爸送浴巾了。"王秀霞说。

王秀霞是一名患者家属，"昨天，爸爸病情加重，被送入 ICU 插管了。哥哥病情也很重，我好担心啊"。

昨夜9时许，医院护士又给王秀霞打电话，因为要给父亲翻身，所以需要让她送过去一条浴巾。因此她一早起来去医院，然后又和哥哥通了个电话询问一下病情。

"爸爸是确诊病人，我之前一直贴身照顾，所以我现在也是高危人群。我有些咳嗽，心里很怕，虽然做过CT排查了，但还是很紧张。家里还有我的丈夫和孩子，我们每个人都待在各自的屋里自主隔离，互相不敢接近。"她说。

对于不少武汉家庭来说，近在咫尺又敬而远之，是这个特殊元宵节的真实写照。正月十五，是新年的第一个月圆之日，吃元宵汤圆正是对应"团圆"之义。"家里还有些汤圆，元宵节就一起吃个汤圆吧。"她说。

每个人牢牢守住自己的这一方灯火，就是让整个中华的万家灯火都得到守护，都能够常亮常明。

社区干部："回去抱抱我的'小可乐'"

元宵节心愿："希望疫情早日结束，让那些奋战在一线的最美'逆行者'平安回家，也期待自己能早日与家人团聚，能再抱一抱我的'小可乐'。"

"小徐呀，能不能麻烦你们帮忙到医院取一下药？"打来这通求助电话的，是社区的一位独居老人。社区副主任徐智鹏放下电话后，迅速披上外套跑出办公室，冒着雨发动起外勤车，迅速驶往医院取药。因为对社区情况谙熟，不用说他也知道这位老人的常用药品。

把取到的药递给老人时，老人忙不迭地说感谢。"那一刻，颇感欣慰。"90后的徐智鹏说，他是2016年从部队退伍后到武汉市江汉区北湖街建设社区工作的。

为了抗击这次疫情，上周开始，他便与其他几位社区工作人员住进了附近酒店。"如果社区里有居民夜里出现突发状况，我们可以在5分钟内赶到现场处理。"

疫情发生以来，徐智鹏每天基本上从早上8点就开始工作，组织社区居民测量体温、填写汇报表格，为高龄、独居、行动不便的居民送菜，随时接听居民来电，还要外出为病重者送医、买药，每天工作时间都在12个小时以上。

徐智鹏的儿子"小可乐"现在只有4个多月大，以前每天下班回家他都能抱抱儿子，可现在和家人连面都见不到。结束了一天的工作后，徐智鹏常常累得倒头就睡，如果下班稍早，就会通过微信视频看看儿子。

今年的元宵节，徐智鹏不能与家人团聚了。"这次疫情，大家都展现了非凡的韧性和力量。我是一名党员，也是一名退役军人，我有责任冲锋在前，与大家携手共渡难关。"

心理医生："帮助学生重新建立'确定感'"

元宵节心愿："帮助学生们重新建立'确定感'。"

"我被感染了怎么办？如果我感染了，我的家人怎么办？"电话里，大学生小王（化名）言语急促地道出了心中的不安。1月16日学校放假后，小王回到老家，因为一场感冒而非常焦虑。

这段时间，类似的学生咨询电话，华中科技大学心理健康教育中心副主任雷光辉每天至少会接到3个。

面对这次疫情，百余所高校开通了心理支持热线及网络辅导服务，多位高校心理学教师参与到了心理咨询热线中，针对因疫情产生恐慌焦虑等情绪的学生及民众进行心理疏导。

共情，是心理咨询师的重要沟通能力。接到小王打来的热线电话后，雷光辉语带关心地询问了他的身体情况，比如，是否有发烧、咳嗽、胸闷等症状，设身处地地和他交谈。随后，在得知所在社区有社区医院后，他鼓励小王在戴好口罩、做好防护的前提下去社区医院求诊。

"医生说我只是普通的感冒，老师您不用担心了……"雷光辉再次接到小王报平安的电话时很是安慰。从言语间，他能感受到小王的情绪大为好转。

自从疫情发生以来，雷光辉发现，许多联系咨询的学生一般不会直接说出自己心里的痛苦，而是由"什么时候开学、口罩如何购买、如何说服家人戴口罩"等具体问题开始。"这些问题的背后是特殊时期大家心底的那份焦虑。"雷光辉说。

在相对封闭的隔离环境里，人们的"不确定感"会加重。"以前大家可以到处活动，现在被局限在一定的空间里，无处释放压力，从而导致焦虑感加重。"他说。

雷光辉和他的心理咨询团队要做的就是为咨询对象做好科普，告诉大家要冷静下来面对疫情；如果碰到疑似现象，鼓励主动就医。还要主动屏蔽网上的负面信息，少关注各种未经证实的消息，避免信息过载。雷光辉说，这是他送给广大青年学生的元宵节"礼物"。

（本文 2020 年 2 月 8 日发表于《光明日报》，作者包括李盛明、章正、晋浩天、卢璐、李政葳）

11.

应收尽收　不漏一人

　　为了确保不漏一人，武汉正全力进行拉网式排查，不少社区工作人员每天满负荷工作。

2020 年

- -

二月

10 日

阳光总在风雨后。连续阴天小雨数日，武汉9日终于放晴了。太阳一露头，春天的感觉就有了，对于向新冠肺炎疫情防控应收尽收发起总攻的武汉来说，无疑是个好兆头。

连日来，中央赴湖北指导组指导督导湖北省、武汉市刻不容缓依法采取果断措施，不折不扣落实"四类人员"分类集中管理措施，真正做到应收尽收、不漏一人。记者了解到，武汉采取多项举措，尽最大努力提高收治效率，确保所有确诊患者和疑似患者都得到集中收治，确保所有在家未收治患者人数清零。

网格排查，每天都在争分夺秒

2月8日早上6点半，天刚微亮，伴着一阵急促的闹铃声，武汉市江汉区民意街多闻社区书记田霖从办公室的折叠床上迅速起身，抓紧去洗手间洗漱并换上工作服。紧张而又忙碌的一

武汉天兴花园社区工作人员正在做排查。(章正摄)

天又开始了。

发热患者筛查、指导分类隔离,是街道社区的重点工作。从 1 月 23 日开始,田霖和同事们就在办公室搭起了折叠床,24 小时轮班接听电话,以便及时响应居民求助。

"需要把老人送到医院,一会儿救护车就要到楼下了。"放下电话,田霖和社区安保员邹新民、网格员赵冰赶忙穿上防护服、戴上口罩、护目镜,赶到社区居民张大爷家。

他们把老人从 3 楼背下来并抬上救护车后,才喘了口气。

为了推进"应收尽收",武汉市各街道社区正处于全员紧张工作状态。在多闻社区内,除田霖、邹新民等工作人员外,赵冰等8名社区网格员也积极上岗,在自己负责的片区内不分昼夜地协助入户排查、送菜送药。

"频繁地接打电话,手机经常用到发烫,随身还要带两个充电宝;忙到凌晨两三点才睡,熬了四五个通宵。"田霖一边翻看手机通话记录一边对记者说。

在筛查过程中,如果遇到居民发热情况,他们要将发热人员送到社区卫生服务中心初诊,并提出隔离建议;需送隔离点隔离的,上报街道协调护送专班负责护送;对有救治需求的,与上级单位及时联系,根据床位情况安排入院治疗。

运送张大爷的救护车刚刚驶离,田霖就赶回社区办公室,让值班员在电子表格上做好实时登记。记者注意到,这份表格记录了社区所有"四类人员"情况,包括家庭住址、身体情况、病情发展变化等内容,并按发热程度标注红、黄、蓝、白4种颜色,以便精准掌握发热居民情况。

"我们叫它'分色管理法'。通过电话、微信群、上门等方式全面排查登记,再根据每天上报情况及时修改完善。其中,红色代表发热严重,白色代表已没有发热症状……"话音未落,田霖手机又响了起来。

"手机、座机同时响,每天都在连轴转。"2月9日中午,武汉市江岸区塔子湖街道华汇社区工作人员张莹正在电脑前快速敲击键盘，统计社区重点人群核酸检测情况报送表格。

"就在半小时前，社区有老两口来电话说，他们测完体温，但眼花看不清温度计数字。于是，我们赶紧入户去做记录。"张莹沙哑声音里透着疲惫。

为了确保不漏一人，武汉正全力进行拉网式排查，不少社区工作人员每天满负荷工作。张莹在个人工作簿上这样写："每天平均处理 130 多个社区居民来电。"

电话联系、看望慰问困难群众和孤寡老人、为居民送医送药，电话一个挨一个，事情一件接着一件，人像陀螺一样地转。"吃一顿中午饭都要用微波炉热两三次。"

为了逐渐缓解基层街道社区工作压力，武汉市整合了市直机关企事业单位人员力量，以基层党支部为单位，化整为零，对口支援，先后组织市直机关党员干部、市属国企干部职工、市属高校教师职工，共计 16739 名干部职工，下沉到疫情较重的社区，统一编入街道社区工作队，协助开展"四类人员"集中隔离集中收治、全天候全覆盖全员排查、社区防控网格化管理、困难群体关爱帮扶和疫情防控知识宣传等工作，与街道社区干部一同奋战在疫情群防群控第一线。

让张莹等基层社区工作人员感觉欣慰的是，这两天居民对社区工作理解、配合了很多，甚至不少居民主动承担起本楼层

"四类人员"情况观察、汇报等任务,"一切都在向好的方向发展"。

应收尽收,志愿服务抗疫有成效

想要保质保量完成"四类人员"应收尽收的任务,前提是细致的摸底排查。想要在有限的时间内完成挨家挨户摸底就必须要增派人手。

"我们新洲区团委一共组织动员了2000余名青年志愿者参与到抗击疫情的各项工作中去。"共青团武汉市新洲区团委书记王静说。

由于过年,人口流动变化大,除了本地常住居民可能外出,探亲回来的人也不少。包干包片,网格化管理,一层一层都将工作压实压细是最基层的保障。

"我们包的这个社区涉及2000多人,1500户左右。我们首先把社区分成7个网格。"王静说,一个社区工作人员加上一至两个志愿者,先进行全面的电话摸底排查。辖区人员体温高于37.3摄氏度的,就派社区医生上门量体温。体温异常的上报街道,安排车送去医院检查。经过筛查,普通感冒患者吃药,疑似患者送去隔离点,确诊的送医治疗,密切接触者可居家隔离,也可去隔离点隔离。

　　第一遍排查之后，社区每天的日常工作就是微信日报。志愿者给网格里的居民建了微信群，辖区居民要在群里就自己的健康状况每天汇报两次。有任何异常，社区工作人员会第一时间给予送医收治处理。

　　"对于特殊时期的管理汇报制度，虽然很严格很琐碎，但居民都非常配合。"王静说。

　　对于应收尽收的任务，王静比较乐观："武汉市中心城区的人口密度比较高。但是对我们新洲区而言，基本上做到了应收尽收。特别是在方舱医院建起来后，收治的速度很快。我们目前的方舱医院还有空床位。"

　　9 日下午 4 时 40 分，张英的手机突然亮了一下。她拿出手机打开工作群看了一眼，马上开始打电话联系车辆。

　　"院长通知我们，新洲区人民医院首位达到国家检测标准的新冠肺炎治愈患者可以出院了。好难得有一个这么振奋的消息。我和医生护士们情绪都很激动。"张英开心地说。

　　张英原是武汉农村商业银行新洲支行团支部书记，疫情发生后她在武汉市新洲区人民医院的 120 指挥部做起了志愿服务，任临时接线员工作。120 接线员不仅要接听患者的救助电话，还负责沟通协调救护车等事宜。

　　"现在公共交通都中断了。有患者出院，我们也要安排车辆送其回家。"张英介绍。

一个地区的疫情如何，从"120"的接线便能反映一二。应收尽收，不漏一人，最直观的反馈渠道就是"120"。

"从接线来看，这几天的情况也比之前好了不少。之前来电的主要是发热患者甚至是重症。但这几天以来都是一些疑似的轻症患者。今天还有治愈出院的，我觉得我们这里应收尽收的任务完成得不错。"张英说。

贴近百姓，用时间追赶生命

不落一户、不漏一人是硬标准。但是，排查需要时间，而时间就是生命。

武汉江岸区天兴花园社区，在办公室里，老远就听到外面传来社区书记张建文的大嗓门，"一定要挨家挨户排查！"话音刚落，只见他胳膊下夹着一堆表格，火急火燎地走进办公室，放下东西，洗完手，把手机充上电，还没顾得上与记者打招呼，他的电话又响了，点开免提，一位正在隔离的居民打来电话，这个汉子语气柔和了许多："别担心，我们知道情况，下午安排检测。"

"这几天，我们精神高度紧张，电话太多，就怕手机没有电，昨晚基本上没睡觉。"张建文一口气说出了社区的最新数据，把社区的 3624 户、7725 人排查了一遍，发现了 3 位发烧的居民，已经向街道报送了信息，社区正在准备送往医院进一步检查。

如何确保排查效果？张建文说，我们社区有网格管理，就像"拉网"一样进行排查，今天还要再"拉"一次。"下沉干部又来了七八个人，太好了！全部都分到进度慢的组里面，加快速度。"2月9日，这个社区又进行一次全面的摸排。

下沉的干部大多来自市、区机关，无论之前在什么岗位工作，"我就是社区'指挥员'，听我调度。"张建文底气十足地说，他集合所有社区工作人员和下沉干部兵分两路，一路是按照网格分成13个组、每个组4个人，入户排查但不进门；另外一路，通过电话和微信了解居民情况。

啃硬骨头不能光靠电话和微信。"我们还有9%的人联系不上，怎么办，我们必须挨家挨户走到，不管家里有没有人，上门排查必须到位。"他说，这其中有一半人不在家，在外地老家过年，另外一些上了年纪的老人，不太会用微信和电话。目前，他们的排查已经实现全覆盖。

到了下午5点半，所有的数据汇总完毕。张建文联系街道后，马上安排轻症患者当天晚上入住方舱医院进行治疗，对于病患的亲密接触者，社区干部挨个动员进行隔离。

安排妥当后，张建文打开手机，时间已是晚上10点半，赶紧回家，洗完热水澡，又开始打电话，按照轻重缓急，安排第二天送居民做核酸检测。"没办法，睡觉也就一两个小时，打个盹儿，早上起来又该来社区了。"他带着沙哑的嗓音说，工作间隙的时候他坐在椅子上都能睡着。

距离 20 公里以外，万松街青年社区书记宋慧君正在忙碌。早上接完电话，5 点就出家门，来到单位带着下沉干部进行排查，"现在情况改善了一些，有 9 位确诊病例，2 人已经治愈出院了，还有 1 人马上就回来了"。

问及这几天的社区有什么变化，宋慧君很欣慰，情况有所改善，送诊的流程正在完善，轻症患者可以送到方舱医院进行治疗，但是社区工作不能放松。"我的手机号都向居民公布了，24 小时开机，随时都能找到我。"宋慧君说。

为了防止有遗漏病例，有一个小插曲。社区工作人员在小区安装了临时小喇叭，循环播放宣传信息，还被居民们投诉了。后来社区干部又想了一个办法，白天拉着喇叭，边走边播放宣传信息。宋慧君介绍，社区的每个工作环节都必须非常细致。

"社区通过两条线开展工作。"宋慧君介绍，一条线是自上而下，疾控中心把核酸检查结果反馈过来，确诊之后，我们马上找到居民，对接入院治疗；另一条线是自下而上，通过社区排查，发现发热病人，社区给街道汇报，联系社区医院的发热门诊做相关检查，如果疑似，再去定点医院做进一步检查。

今天社区排查出 4 位发热人员。"做了这么多天的工作，我们都快成半个医生了。"宋慧君说。

跟随一位社区干部，记者来到一位居民家门口，隔着防盗门，住户递出了几张检查单。"淋巴细胞减低，胸部 CT 片子是呈毛玻璃状态，你还是要做一下核酸检查。""必须要去吗？""你放心，我们来安排。"

"一旦发现确诊，我们就会一直跟踪。"宋慧君介绍，社区每天同患者和家人至少通一次电话，及时帮助解决他们家人生活上的困难，不仅解决居民的后顾之忧，也为了让他们安心隔离，最大限度切断传染源。

在采访快结束时，一辆货车开到了社区门口，"又来了一千斤蔬菜呀！太好了，先给困难群众进行配送，特别是居家的老人。"宋慧君对社区工作人员说。

"这段时间让我们感动的事太多了，不少在外工作的朋友和爱心人士，给我们捐来了口罩和消毒液。武汉是我们的家，我们一定要把工作干好。"她说。

记者在采访中了解到，前段时间，有居民进入隔离点时担心生活不便，甚至对去方舱医院也存在一些顾虑，担心生活设施不便。这些，都需要社区工作人员给居民耐心地解释，随着设施的改善，居民们这样的顾虑逐步减少。

社区情况正在改善。但是社区工作压力丝毫没有减少，

"今天武汉的天气不错，出了太阳，有居民想出来散步，我们还是要做好劝导工作。"张建文说。

（本文 2020 年 2 月 10 日发表于《光明日报》，
作者包括李盛明、章正、晋浩天、卢璐、李政葳）

12. 生命之舱：传递温暖也表达爱

　　有人说，面对疫情，这是"生命之舱"，给患者带来更多希望。

2020 年

- -

二月

11 日

多个方舱医院，如此大规模地收治病人，在中国尚属首次。

2月10日早上7点，在洪山体育馆的武昌方舱医院，轻症患者小李来到这里4天了。他起得比在家里早一些，洗漱完之后，在床边坐了一会儿，护士就送来早饭。吃完饭，他打开随身携带的一本书读了起来。

上午10点，来自广西的护士黄婷取了药，跟医生核对无误。来到小李的床边，黄婷询问小李："好点了吗?""今天情况好多了，体温正常了。"小李说。黄婷低头看了一眼床头卡，又核对了小李的腕带信息，才把药递给他，叮嘱他按时服用。

"考虑到方舱医院床位比较多，仅送药这个环节，我们规定护士必须核对两次以上。"作为队长的广西医科大学第二附属医院护士张丽艳说，流程上不能有丝毫马虎。

这几天，武汉的各个方舱医院已经投入使用，不少医院扩容之后，也陆续收治了轻症患者。有人说，面对疫情，这是"生命之舱"，给患者带来更多希望。

　　什么是方舱医院？据专家介绍，方舱医院是为解决当前大量新冠肺炎确诊轻症患者的收治问题，充分利用既有建筑，在最短的时间内，以最小的成本建设和改造的临时收治场所，从而实现有效控制传染源、最大限度收治患者的目标。

江夏方舱医院开舱前，工作人员正在交流工作细节。（晋浩天摄）

运转：井井有条　越来越好

　　凌晨1点多，一阵咳嗽声打破了江汉方舱医院病室的宁静。正在休息的值班医生刘晓春赶紧起身整理了一下防护服后前去查看。17 床，一个 30 岁的年轻小伙儿正用被子捂着嘴，尽量降低咳嗽声，怕惊扰其他熟睡的病人。"怎么了，哪里不舒服，多久了？"刘晓春赶忙问。

"20 多分钟了，觉得有点呼吸困难。我看你们忙了一晚上，想自己忍忍，不再折腾你们了。"听到这番话，刘晓春一阵揪心。

刘晓春立即叫来同事为他测血氧饱和度，并推来氧气瓶，还开了些药。过了一会儿，小伙子渐渐恢复了平静，安然入睡。

刘晓春是广东省第二人民医院国家紧急医学救援队（广东）援助武汉江汉方舱医院的医生。与刘晓春一同援鄂的医生吕小燕说，每天每位医生平均照顾 80 位患者，需要不停地巡视。

下午 2 点多，连续工作近 40 个小时的华中科技大学附属协和医院党委副书记、江汉方舱医院负责人孙晖稍微歇了一会儿后，又来到病房给医护人员开会。"医院运转越来越有序，患者状态也越来越好了。比如，这几天网上热传的'读书哥'就在这里就医，他这种乐观的心态让我很佩服！"

孙晖提及的"读书哥"姓付，今年 39 岁，老家在湖北孝感，博士毕业后到美国佛罗里达州立大学任教。这两天，付先生因为一张照片走红网络，他戴着口罩，安静、专注地阅读一本《政治秩序的起源：从前人类时代到法国大革命》……不少网友被他这份淡定、从容所打动，在社交媒体上纷纷为他点赞、送祝福。

"回武汉探望父母，没想到我和家人都'中招'了。"付先生回忆，自己开始有些咳嗽、发烧，经 CT、核酸检测确诊后一直在隔离。2 月 5 日晚，作为首批患者转到江汉方舱医院治疗。"现在感觉还好，没有发烧，只是有点咳嗽。相信只要配合治疗，自己一定会好起来。"

2 月 10 日是何女士住院的第五天，她显得十分乐观。"我每天都会在朋友圈晒自己的状态，不仅经常看书，还偶尔在病房里跳舞锻炼身体。我会尽最大努力与病魔抗争。"

江夏方舱医院的图书角。（晋浩天摄）

为了提高患者的生活质量，餐食供应团队专门根据餐饮专家建议设计菜谱，尽量保证多数菜品在一周内不重复，还确保让患者吃上热饭。"后勤保障越来越充分，各类医护配置逐渐齐备，相信很快就会有患者痊愈出院。"孙晖说。

细节：处处彰显人文关怀

与金银潭医院一路之隔的是武汉客厅会展中心的方舱医院，中南医院神经内科的高永哲正捧着盒饭，来到室外，随便找个地方坐下，吃了几口。"我5号就赶过来了，参与方舱医院的前期规划和建设。"高永哲对记者说，"听说网友对医务人员的精神很感动，我们反而没有这么深刻的体会，工作一忙，没时间看手机，也就没有什么感觉了。"

放在一旁的对讲机，对话不断，"我们需要一些材料，麻烦外面送一下！""好的，我马上安排！"高永哲拿起对讲机说了一句，他把饭盒一收，戴上口罩，扭头就走去方舱医院室内。

仅用了36个小时，他们就把武汉客厅会展中心改造成了方舱医院。此时，公众非常关心，方舱医院是否安全？来到方舱医院内部，顺着高永哲所指的方向，记者看到十几根直径一米粗的通风管道，大概有七八层楼高。"我们对原有的通风设

备进行了改造，请专家论证设计，让场馆内的空气流动起来，
必须保证安全。"他说。

通风的同时也要保证患者的舒适性，高永哲介绍，设施非
常人性化，进风口送进来的是热风，保证室内能达到10—15
摄氏度，同时还在每个床位上专门准备了一条电热毯，保证患
者的取暖需求。

记者在现场看到，方舱医院给每个患者都发了收纳箱、牙
刷、拖鞋等生活物品，这些都是当地政府采购的。与其他医院
不同，方舱医院的被褥颜色并不是统一的白色，而是花花绿
绿，颜色非常鲜艳。

"这些都是我们关注的细节，你看，场馆都是冷色调，为
了缓解紧张情绪，被褥一定要鲜艳，用的多是暖色调。"高永
哲介绍。

类似细节还有很多，"我们设置这些隔断，就是为了保护
患者的隐私，必须男女区域分开。"高永哲说。

"现在大家的安全意识很高，很多患者担心传染给家人，
大部分人都主动过来。"这几天，高永哲了解情况后得出结论，
"我之前还担心他们来了生活不适应，在这个特殊时期，大家
对我们的工作包容性蛮强的。"

要做好细致的服务，对于医护人员挑战不小。高永哲每天
的步数在2万步左右，"这几天的工作量，感觉比平时一两个

月的还多。"每次医院收治，都要接两三百人，尽管分批开放，他都得带着护士到方舱医院的门口接患者，让他们尽快入院，"怕他们在室外，受不了"。

"大家只看到了里面的医护人员，其实外面的工作人员也很辛苦，每个环节都在有序运转，武汉现在不是空城，很多人在外围默默工作。"高永哲对记者感叹。

心态：积极的态度也是免疫力

"积极的心态是最好的抵抗力。"一名入住方舱医院的网友在自己的社交媒体上写道，记者对这位网友进行了采访。

"我是湖北人，平时在云南工作，两年没回家了。今年一回来过年，就碰上了这个疫情。"赵坤对记者说，"我是没有症状的确诊患者，1月28日发烧了，吃了药就好了。之后，我老婆孩子也发烧，就去检查，发现双肺感染。"

与很多人想象的不同，一家三口身处不同的医院，但在赵坤的文章中没有伤感，反而很积极向上。

在方舱医院，收治的主要是确诊轻症患者，病患往往也都能活动自如，相比在家隔离，方舱医院因为有医护人员可以随时就诊，这一点对于病患有很强的安慰作用。

"你看，一张护士姐姐送的卡片，满满的正能量。"赵坤说。

他床头的卡片上写着:"有人抱怨,也总有人在行动,传递温暖,表达爱。"

"我带了笔记本电脑,上午还刚干了点儿活,这又下载了一套会计课程,自学一下吧。"赵坤语带一种湖北人特有的从容。

不过,相对于病患来说,医护人员就不太轻松。已过零点,记者还在等待杨文忠医生。"刚刚洗完澡,吃完饭,不好意思,让你久等了。"一脸疲惫的杨医生抱歉地说。

49岁的杨文忠,是中建三局医院的一名内科医生。临床经验丰富的他,是第一批加入火神山医疗防疫工作团队的成员之一。才从火神山、雷神山的项目上下来,他就志愿加入了洪山石牌岭方舱医院的医护队伍里。

方舱医院的病患可以轻松笑谈,但是这里的医护人员却不能有半点的疏忽大意。他穿着密不透风的隔离防护服,在发热门诊与时间赛跑,在病房床前与病魔决战。连续工作数小时,不能喝水,不能吃饭,护目镜因为消毒剂而刺眼,口罩会勒得难受……

"苟利国家生死以,岂因祸福避趋之!"一位医护人员告诉记者,这正是他们身上的使命感。

温暖：病友党支部　互帮助康复

记者来到位于洪山体育馆的武昌方舱医院，看到场馆外，搭建了数十顶白色应急医疗帐篷，场馆两侧还放置了几十个移动厕所。如今，这里的三个舱已经开放，一共有800个床位。

记者看到武汉大学人民医院武昌方舱医院医疗队队长马永刚正在忙碌。从2月5日晚上开始，第一批新冠肺炎的轻症患者入住这里。

最近，这里有什么新变化？"刚开始条件不太完善，现在好多了。"马永刚说。回想起前几天，他说了一个小插曲，有的患者来了方舱医院有顾虑，觉得不能得到最好的治疗。他主动和患者聊天，"你看我是武汉人民医院的医生，好多专家都来了，你就放心吧。"

马永刚说："患者们相互之间也会聊天，迷茫和紧张的情绪就很快消散了。"

记者在这里遇到了患者郭刚勇，他正在看书，护士走过去给他送药，记者看到他吃的是连花清瘟胶囊和盐酸阿比多尔片，桌上还放有一剂温热的"新冠肺炎1号方"的中药。

郭刚勇告诉记者："2月2日我拿到核酸检测结果，已经确诊了，不过症状就像得了感冒一样，就在家自我隔离，2月6日我来到这里治疗，现在症状已经消失了。"

前几天，身体好转的病友，在这里还成立了临时党支部。他笑着告诉记者："我是党员，担任了临时党支部的组织委员，我们发现病友们有一些日常问题需要反馈，如果挨个向护士反映，担心干扰他们正常工作，我们就承担起收集病友需求的工作。"

病友们缺少卫生纸、牙膏和一些药物，党员们分成小组进行手机汇总后向护士们反馈，领完东西后向病友发放。还有排队领饭，也是党员分小组主动承担，党员的参与让方舱医院更加井然有序。

下午4点，记者看到，武昌方舱医院东区临时党支部书记张兵带着病症好转的病友，一共20多位党员，帮着护士捡拾垃圾，还顺带着宣传医院垃圾分类的知识。如果发现病友的情绪有波动，他们还主动做起疏导工作。

"在力所能及范围内做点事情，这是党员应该承担的。"郭刚勇拿出手机给记者看微信群，这群年龄不一的党员自发地行动起来，给方舱医院带来更多活力，也让病友们感受到更多温暖。

"有的患者症状已经消失，昨天我们给86个患者做了核酸检测，其中有75个人显示为阴性，明天打算再做一次。"马永刚介绍，按照流程如果显示两次阴性，这些治愈的患者就可以尽快出院回家。

"应收尽收"的措施落地后，相比于前几天，目前他们收治的轻症患者更加精准。马永刚发现，在前期收治的患者中，还有一些症状较重患者被送到这里，因此，每天从这里转入定点医院治疗的重症病例有五六个人，并不都是新冠肺炎加重，还有人是并发症加重，比如之前就患有心梗、脑梗等疾病，病重后他们可以随时无条件地转到定点医院治疗。

不过，让马永刚感到欣慰的是，不少患者心理状态比较稳定，有的年轻人在方舱医院还拿着电脑打游戏。"我们也会提醒，时间不要太久。"他说，患者的心理健康很重要，如果心理状况稳定，睡眠足，吃饭规律，对于轻症患者的尽快康复有很大帮助。

如记者采访的一位上了年纪的病患所言，在方舱医院的这几天，给患者带来新的希望。"希望疫情赶紧过去，我们可以与家人团聚，还可以继续跳起广场舞。"

（本文 2020 年 2 月 11 日发表于《光明日报》，作者包括章正、李盛明、晋浩天、卢璐、李政葳）

13. 火线上的中流砥柱

同时间赛跑，与病魔较量，他们是天使，更是火线上的中流砥柱。

二月

12 日

　　他们是父亲，是母亲，是孩子，是挚爱，是华夏大地上手足相亲的兄弟姐妹；他们是医务人员，是公安民警，是基层干部，是建设者，是快递员，是志愿者，是各行各业中平凡而闪光的中国人。被口罩勒出深深印痕的面孔、过家门而不入的身影、工地上争分夺秒的奋战……这个春天，我们见证了一群人于疫情面前逆行而上、共克时艰的勇气信念，因为这一群人，我们温暖、安定，心中有力量，眼前有希望。从今天起，我们为您定格抗疫一线的动人瞬间，讲述抗疫工作者的英勇事迹，汇聚更坚定的信心、更顽强的意志，为坚决打赢疫情防控的人民战争、总体战、阻击战注入强大的力量。

　　人口过千万的大武汉，街头鲜有人流，只有少数车辆疾驶而过的声音。午后，窗外一阵鸟鸣让人喜出望外，这是鲜活的生命之声。开窗寻声望去，几只白鸟在武汉大学中南医院门口的东湖上，时而盘旋，时而栖息。这些越过冬季，在初来的春意中鸣叫的鸟儿，让人想起旁边医院里的那些天使，也身着白衣。

不忘初心、牢记使命。此时，这初心和使命仿佛就写在他们的白衣上，真切可感，直抵人心。

同时间赛跑，与病魔较量，他们是天使，更是火线上的中流砥柱。

英雄：无畏险阻义无反顾

1月18日有症状，1月20日确诊后自我隔离治疗，2月5日痊愈后返岗工作——这是武汉大学中南医院急救中心副主任医师赵智刚的抗疫经历，颇有些传奇。

"我们急救中心的医护人员在第一线，早期对这个病毒不太了解的时候没有做好防护，因此被感染了不少。不过，现在我们这里已经有4名确诊新冠肺炎后治愈的医护人员返岗工作了。"赵智刚语带镇定。

按理说，生病初愈应该好好休养，但是赵智刚义无反顾地冲回第一线。"初期感染的医护人员不能上岗，以至于疫情暴发时医护人员排班都快排不出来了。我们每个岗位都很重要，只有尽快返岗才能保证医院当下的高负荷运转"。

有使命感的人，自有担当。"始终不能返岗的话，会对没有被感染的医护人员造成心理压力。因为不返岗工作，其他医护人员心里就会打鼓，会恐慌。而能够顺利返岗工作，说明哪怕被感染过，也不会造成什么大的损伤。"赵智刚心里总为他人着想，为大局着想。

医生也是人，英雄也有喜怒哀乐。"我一直在急救中心第一线，面对未知的病毒，其实满心无奈的不是病人，而是医生。"赵智刚坦言。

天灾确实难挡，但面对疫情不仅需要大无畏的勇气，更需要医务人员的科学理性和专业能力。赵智刚说："从工作到生病再到返岗，伴随着疫情的发展，我的情绪几度波动。新冠肺炎不只是一个疾病，更是一个公共卫生领域的大事。一般的疾病在医院处理就好了，但是应对疫情则需要动员全社会的力量。这几天心情好了一些，主要是看到现在的应对措施大为有效。在党中央的正确领导和全国人民的齐心协力下，面对疫情，我们一定会胜利。"

血性：拼在前沿搏在一线

响应党的号召，冲上疫情防控第一线，这就是军医的血性。在武汉的中部战区总医院，感染内科主任江晓静脱去迷彩上衣，换上防护服，转身就去重症监护室查房，这是她最近的日常。

在年轻同事眼中，57岁的江晓静就是一位"拼命三郎"，戴着护目镜、穿着隔离服，走进新冠肺炎感染患者的病房，她扶着病床，低头询问病情。

她的同事、护士长周勤说："疫情发生以后，江主任晚上很少回家，每天睡两三个小时是常态。如果当天收治了病情复杂的重症患者，她就在科里住下，进行密切观察。"

战斗的日子就是这般一天天熬过来的。深夜查房之后，她心里还总是放不下病人，凌晨一两点，她还会在微信群中了解患者情况、跟进指导临床护理，至于睡觉，也就是在值班室打个盹儿。

前段时间，医院收治了一位老年重症患者，一开始病情反复。江晓静放心不下，凌晨4时，换上防护服查看病情。

其实，江晓静即将卸任科室行政领导职务，本来可以不用这么拼命，但是她不这样认为。"疫情来了，狭路相逢勇者胜，首先比拼的是血性！"她说，感染内科没有一个人临阵退缩，都第一时间冲到了一线。

血性，是军人特有的气质，也是医生的职责使然。在江晓静看来："医院把这个任务交给我，咱们军人必须以服从命令为天职，既然接到命令，就要执行任务。而且我们也是专业的，遇到疫情，觉得自己可以做一些有意义的事情。"

　　"作为一名老党员，江主任带领全科室人员在一线奋战，忠诚践行着人民军医的初心和使命。"医院政委卢海波感慨道。

　　在这个科室，江晓静身上这种拼的精神并非个例，她的战友们也是这样做的：李军把家属安顿好后，全身心投入战斗；张艳琼还在哺乳期，索性给孩子断了奶，超负荷值班；陈吐芬孩子小需要照顾，但仍坚守岗位……

　　面对疫情，拼的背后是一种严谨的科学精神。在科室，江晓静的严谨细致出了名。在她手机里，对3床、5床、6床患者的输液等"入量"数据和排尿、排便等"出量"数据都有着精确的记录。

　　她关注的患者体温记录中，不仅有定时量的体温数据，还包括"日间最高"数据和夜间查房的记录。

　　在疫情面前，医务工作者的从容来自精益求精的精神，而这种精细也让诊疗更有底气。一次疫情会诊，两个小时，10份病情各异的重症患者病历摆放在江晓静面前，从针对患者当前病情的综合治疗方案，到详细的各类后续预案，她条分缕析，让在场的医护人员心里有底。

　　为实现患者"一人一册"治疗方案，江晓静和战友们做了大量细致的临床记录与分析。为了摸清楚病情的秉性，江晓静经常穿着防护服"泡"在各个病房，仔细询问每一位轻症、中症、重症患者的感受，认真分析每名患者不同阶段的病情变化，精细制作"一人一册"治疗方案。

在该院相关科室专家的支持下，江晓静率领团队结合国家卫健委发布的指南和武汉市其他大医院总结的救治方案，加上自己诊疗过程中积累的经验，牵头撰写了《中部战区总医院新型冠状病毒感染的肺炎诊疗方案》，贴近实战，指导性强，获得了同行们的认可，也大大提高了医护人员临床科学施治的效率。

"他们是'拼'在前沿，搏在一线，越是艰险越向前，全力以赴打赢这场疫情防控阻击战。"该院邢文荣院长这样评价江晓静和她的战友们。

大爱：医者仁心人民至上

2月8日下午2点多，刚刚下班回到住处的林茂锐关上房门，呆坐在椅子上，泪水夺眶而出。这一天正是元宵节，本该是阖家团圆的日子，援助武汉方舱医院的医生林茂锐却接到了广东揭阳老家传来的噩耗，91岁的外婆因病去世。

"虽然无法赶回去陪伴亲人，但他们都很理解我。"林茂锐说。

疫情遇上节日，于医生而言，必然面临着忠孝不能两全的痛苦。舍小家，为大家，体现的正是一线医护人员的大爱。

2月3日晚7点，林茂锐走出广东二医院检验医学部检验室，刚准备脱掉防护服下班回家，就接到了紧急集合通知。次日，林茂锐便随医院医疗队出发了。

在支援武汉方舱医院期间，林茂锐的主要工作是指导、协助每个班次的医护人员脱穿防护服。每个班次他都要提前到岗，并带来干净的防护服，等当班最后一名医护人员下班后，再把大家脱下的防护服带回去消杀。"通常都是第一个来，最后一个走。"

不少一线医护人员是第一次穿防护服，需要习惯和训练。林茂锐会对每个步骤和细节严密督察。"虽然自己不能像其他医护人员在病房、手术室里为病人服务，但也很高兴能通过自己的工作为医护人员的健康保驾护航。"林茂锐说。

2月2日清早，武汉市江夏区妇幼保健医院护士熊秀与婆婆匆匆道别，拖着行李箱快步走出了家门。"孩子今年高三，就要冲刺高考了，他爸爸也不在家，可要考虑清楚啊！""为了儿子能早日返校，我也要上火线。只有疫情早些结束，孩子们才能早点儿回到教室。"

就在前一天晚上，熊秀收到了去武汉市侨亚发热隔离点报到的通知。"婆婆得知这个消息后没说话，但看出来很担心。"熊秀说。

其实，在上个月底得知一线急缺医护人员消息时，有着

17年工作经验的党员护士熊秀就瞒着家人向所在医院党支部递交上一线的申请。

2日上午8点半，熊秀准时赶到侨亚发热隔离点。因为隔离点是紧急筹备改造而成，很多病床还没来得及整理。"那天我们铺完床，做好收治隔离人员前的各项准备工作，天已经黑了；晚上8点多来了第一批40多位隔离人员，收治完已经是凌晨1点多了。"

侨亚发热隔离点的12名护士每天排4个班，每班在岗3人，工作6个小时。等到了第三天、第四天，隔离点的隔离人员越来越多，她们的工作量也越来越大。入院后需要观测病人体温、病情，定期为病人发药、做心理疏导等；病区拖地、保清洁等也需要她们来完成。

因为隔离点的隔离人员没有家属陪护，加上焦虑、紧张、不安，经常因为一些生活琐事导致情绪较大波动，需要她耐心安抚。熊秀所在的隔离点有300多张床位，目前已经基本住满了人，给所有区域的隔离人员测量一次体温，需要将近1个小时。"昨天手机测步软件忘记关了，下班后发现一个班次竟走了两万多步。"熊秀告诉记者，大家一忙起来经常忘记时间，每个早班下来要到下午三四点，盒饭总是凉了热、热了又凉，最后不知道吃的是中饭还是晚饭。

在采访中，熊秀收到儿子发来的一条微信："妈妈最棒，早点回家。"文字简洁，却情真意切。熊秀说，自己最大的心愿是疫情早日结束，让学生们尽快返校，为他们的青春梦想拼搏奋斗。"儿子以往很少矫情，但昨天跟我说，他最大的愿望是今年母亲节可以和我照一张合影。"

（本文 2020 年 2 月 12 日发表于《光明日报》，
作者包括李盛明、章正、晋浩天、卢璐、李政葳）

14.

武汉，千条线拧成一股绳

每一个个体，都紧紧地联系着大家，
这个英雄的城市有英雄的人民。

二月

13 日

"武汉胜则湖北胜，湖北胜则全国胜。"武汉是疫情防控的重中之重，是打赢疫情防控阻击战的决胜之地。这座经历过辛亥炮火、抗日烽烟、特大洪水等重重历史考验的城市，此刻正处在与新冠肺炎疫情防控胶着对垒的关键时刻，进行着一场命运攸关的卓绝斗争。这里的人民向险而行，在痛苦与坚韧中，在顽强阻击与八方驰援中，诠释新时代"英雄"的定义。让我们用手中的笔带您走进武汉现场，记录武汉时间，书写这座城市记忆中荡气回肠的篇章。

听说武汉市洪山区设置的宜尔客隔离点需要医务人员时，华中农业大学校医院护士姚婷一路小跑，到单位第一个报名参加，她的理由很简单："我是党员，这个时候必须冲在前面。"

宜尔客隔离点集中了50多位疑似患者，新送入的患者需要连续做两次核酸检测。给疑似新冠肺炎的患者"采集咽拭子"样本是隔离点感染风险最大的工作，但姚婷再一次冲在了前面。

"采集过程中，患者的一个张嘴或咳嗽的动作，将产生大量携带病毒的气溶胶，短短十几秒的操作，医护人员却面临着很大的感染风险。"与她共事的医生张华卫说。

有网友留言说，疫情来了"我们一起抗，一起扛"！在武汉，处处涌动着一股股平凡的力量，他们的目标一致，那就是，早日战胜疫情。

一大早，作为一名下沉到社区的志愿者，武汉大学土木建筑工程学院本科生辅导员刘光明正在中南路街百瑞景社区挨家挨户地排查"四类"人员。此时，他的妻子，作为湖北省人民医院呼吸与危重症医学呼吸1科护士，正在病房身处战"疫"第一线。

"我们的目标是做到'不漏一人'。"他说，按照以社区网格为基础单元排查"四类"人员的工作要求，进行"拉网式"排查，"希望疫情能早点结束，让更多的像我们这样的小家，能够早日团圆"。

在武汉，有一个现象，志愿者已经成为一个模糊的身份概念。在社区，不少居民自发地承担工作，共同守护家园。在武汉开发区沌口街，600余名群众志愿者主动参与起值守小区卡口、劝导戴口罩、测量体温等疫情防控工作。

东荆社区居民邓金刚，从大年三十至今一直参与防疫工作；全力南社区红色物业副经理张超超为了确保社区发热人员居住楼栋消毒到位，坚持一个人上阵完成每天的消杀工作；曹庄工贸公司倪军身在广州，心系沌口，捐赠10万只口罩用于家乡疫情防控。

武汉，正在把每一股细小的力量，拧成一股绳，背后是基层党组织发挥战斗堡垒作用。沌口街各社区组建了宣传发动、设卡测温、信息排查的临时党小组125个，全街有1091名党员主动参与到抗疫防疫工作中。

在武汉，不同领域的党员力量正在下沉。"社区一线工作人员，他们长期面对群众的不稳定情绪，很容易产生倦怠感和无助感，这是当前最重要也是最急需援助的群体。"武汉市委党校教师、志愿者姜海介绍，武汉市委党校机关党委迅速集合5名有二级心理咨询师资质的党员教师，组成抗疫心理咨询志愿服务团队，为社区开展心理咨询服务。

在武汉防控一线，还有一群市民熟悉的陌生人，正在默默地守护这座城市。前几天，青山区厂前街李家湾有人报警，称发现一名中年男子倒在路边。青山区分局厂前街派出所民警杨荣东、张应森迅速前往搜寻，发现一名50多岁的男子昏倒在李家湾铁路旁的一块菜地里。检查其随身物品，民警从居住证上才知晓他的名字叫漆某某。民警一面快速联系其家人，一面通知社区卫生服务中心医生前来诊断，初步判断这名病人癫痫发作，同时伴有发热。

　　由于120急救车无法开进现场，两位民警找来废弃木门当担架，与街道、社区干部群众一起顶着风险将男子平稳地放至木门上，抬行1000多米，放上救护车，送往武钢总医院救治。

　　社区里的事儿，看似都不大，但在抗击疫情的非常时期，居民生活时常会遇到种种难题。正如一位民警所言："别担心，我们就驻守在社区，一起守护咱们的家！"

　　每一个个体，都紧紧地联系着大家，这个英雄的城市有英雄的人民。一位青年志愿者告诉记者："守护武汉的平凡力量，让人踏实。谢谢你，每一个平凡人。"

　　　　　　　　　（本文2020年2月13日发表于《光明日报》，
作者包括章正、晋浩天、李盛明、卢璐、张锐、李政葳）

15.

一起拼，我们一定会胜利

我看不见你温柔的面孔，却看得见你善良的心灵。我辨不出你的身份和年龄，却感受到战士般的激情。

2020 年

二月

14 日

病房里，他们是无微不至、细致耐心的守护者。

手术台上，他们是与死神抢人的生命天使。

疫情发生以来，一份份疫情不退誓不言退的请战书，一个个奋不顾身的"最美逆行者"，一张张"口罩下的最美面庞"，感动着大众。他们身披白衣，奋战在发热门诊、方舱医院、重症监护病房（ICU）……同时间赛跑，与病魔较量。

"我看不见你温柔的面孔，却看得见你美丽的眼睛。我看不见你甜美的微笑，却看得见你忙碌的身影……你是人间最美的天使，我要深情地把你歌唱！"冲锋在前、挺身而上的医护人员，在患者眼中留下了天使飞过的痕迹。

身处火线，没什么事比救人更重要

医院，是一个看不见硝烟的战场，医护人员随时都在与死神交手。而躺在病床上的患者，最清晰地捕捉到了白衣天使为他们"遮风挡雨"的点点滴滴。

　　"这里的医护人员 24 小时值守,让我们感觉很踏实。"轻症患者郭刚勇告诉记者,"只要他们在,我们就有信心。"

　　"我们的目标只有一个——把重症患者的病死率降下来。"浙大一院副院长陈作兵教授说。他带领第一批浙江省赴武汉重症肺炎救治国家队 12 名成员到湖北省人民医院重症监护病房工作,接管了 16 个床位。

　　他们明白,身处火线,没有什么事比救人更重要。"留给医务工作者的时间很紧张,如果没有采取合适的治疗方法,患者就会面临很危险的情况。"陈作兵说。

　　在危急时刻,医护人员与患者交流方式有时很简单,一方面忙着抢救,另一方面不停地鼓励患者要"加油"。

　　10 日晚上 6 点左右,一位危重病人情况危急,氧分压突然下降,血压也持续下降,该团队的一位医生马上决定进行气管插管。"如果没有浙江的专家,按照以往经验,这个病人估计是不行了。"一位当地 ICU 的医生说,现在,这位病人的情况明显好转,生命体征也平稳多了。

　　早上 6 点左右,不少患者还没有起床,护士就挨个床位进行检查,有的患者没有醒来,迷迷糊糊地伸出手,护士把仪器的小夹子往指头上一夹,就可以测血氧饱和度。再拿出电子体温计,对着患者额头一扫,记录下体温数据。尽管交流不多,但双方十分默契。

早上 8 点多，患者们吃完早饭，医生就会查房，挨个询问病人的情况，并根据个人病情调整治疗方案。"戴着护目镜和口罩，我们可能看不到笑容，但是可以感受到他们的善意。"这是医护人员给郭刚勇的感受，"他们的医德都很好。"

"在这里恢复得不错，症状连续几天都没有出现，我 2 月 9 日做了第一次核酸检测，2 月 10 日又做了一次，都显示阴性。前两天医生说让我做好出院的准备，不过专家组认为我的肺部情况还不符合出院条件，所以还要过几天才能出院。"郭刚勇说。

温情疏导，让患者们脸上笑容多起来

"这几天身体恢复得怎么样？记得按时吃药，有情况随时跟我们联系。"2 月 12 日晚 10 点多，刚刚康复出院的张玲（化名）接到医生王俊的回访电话。"感觉很温暖，也很感动。王医生他们每天工作那么辛苦，夜里下了班还不忘询问我的情况。"张玲说。

时间回到 6 天前。2 月 6 日早上 6 点多，冒着连绵冷雨，张玲被送到武昌方舱医院接受治疗。"刚刚安顿好躺到病床上，就听见旁边床位的老阿姨不住地哭。原来，由于时间仓促，一些生活用品、药品没带齐，加上丈夫前段时间离世，儿子也因为感染住进了重症监护室，紧张、焦虑、惶恐让她一时情绪失控。"张玲回忆。

闻讯赶来的医护人员先耐心地听完老阿姨倾诉，又找来了日常所需的生活用品、药品。"老人情绪逐渐稳定下来，在后面治疗过程中都很配合，每次医护人员检查完身体还不忘说声'谢谢'。"张玲说。

记者了解到，张玲就诊的武昌方舱医院每天上午、下午都会组织医护人员对患者进行心理咨询，并发送"走进方舱"心理手册。医护人员经常对患者进行点对点心理疏导和医疗常识解答，患者们脸上笑容渐渐地多了。张玲状态逐渐稳定下来后，与医护人员的交流也多了。

元宵节那天夜里，很多医护人员还在不停地忙碌，为了抗击疫情无法与家人团聚。于是，趁着医护人员工作间隙，张玲用手机为他们各自录制了一段对家人的祝福，也记录下他们一线战"疫"的点点滴滴。张玲的这一举动，不仅让医护人员十分感动，也感染了更多住院患者：到了用餐时间，看到医护人员分饭、发饭忙不过来，一些身体状况较好的患者会主动过去帮忙；同病室患者出现突发状况，周围病友会主动帮忙打水取药、找医护人员；有些病人与医护人员交流时普通话说得不好，旁边会有人主动帮着"翻译"。

"病房逐渐变得温暖、热闹起来，大家与病魔抗争也更有信心了。"张玲说。2月11日下午，张玲等28名患者从武昌方舱医院顺利痊愈出院。

看不清你的脸，却看得见你善良的心

"这些医护人员都是心中有大爱的，舍小家为大家。他们来自祖国各地，都只有一个共同的目的，那就是帮助武汉战胜疫魔。我到方舱一周多了，没有听到一个医生一个护士有任何一句怨言。"曾奋战在疫情防控一线的武汉洪山区交通大队信访民警张兵，感染新冠肺炎后，住进了武汉大学人民医院武昌方舱医院。在方舱的前两天，他一直高烧，一度高达39.8℃。在医护人员的精心治疗和悉心护理下，高烧逐渐退去，身体有所好转。

"医者仁心，护佑健康。哪怕是在方舱里，医护人员也并不是只专注于治疗新冠肺炎。只要看到病人有其他的不适，他们都会想方设法帮病人纾困。"张兵说。

除了每天给患者量体温、测血氧饱和度、量血压，监测患者身体参数，分发一天的药品，医护人员还要时刻关注患者的生活需求和心理状况。

看着医护人员忙碌的身影，有着20年党龄的张兵，萌生了要加入战斗的念头。2月10日，他和病友们成立了武昌方舱医院东区病友临时党支部，参与该区的日常药品、食品分发，开展垃圾分类宣传和病区保洁，收集汇总病友疑问并答疑，为医护人员减轻工作负担。

"医护人员无私奉献、心有大爱的精神，绝对是我们这次能够战胜疾病最有效的武器。虽然还没有特效药，但是人心就是一种最有效的药物。"张兵说。

"期待春暖花开，赶走阴霾，希望我和我的战友能战胜疫情，祝大家平安健康。"

2月12日，华中科技大学同济医院中法新城院区B区8楼"同舟共济 抗击疫情"的心愿墙上，医护心愿、患者心语，在七色彩虹和象征着希望的气球树的映衬下，流淌着医患同舟共济战疫情的豪迈与温情。

护士长陶静说，将心愿贴在医务人员每天不断往返的地方，是希望大家能看到希望，也让所有患者能看到大家的努力。只有并肩作战，才能见证希望。

"我看不见你温柔的面孔，却看得见你善良的心灵。我辨不出你的身份和年龄，却感受到战士般的激情。"患者李先生抄录了《天使的身影》歌词，并配上了医生救治病人的简笔画。他坚信，"一起拼，我们一定会胜利"。

（本文2020年2月14日发表于《光明日报》，作者包括张锐、章正、晋浩天、李盛明、卢璐、李政葳）

16. 『有心』做个凡人英雄

一座城市陷入困境，自有一众豪杰自告奋勇。

2020 年

二月

14 日

英雄的城市　英雄的人民

都说时势造英雄。倘若当真拥有一个小小的英雄梦想，哪怕只是普通人，其实也有机会做一回"凡人英雄"，那就是在这个当下，就在这片热土。

"经过两天的紧急协调，前天下午，我们的志愿者从仙桃市通达无纺布制品有限公司以计划价采购了22万只一次性医用口罩。下一步，我们将和湖北省警察协会协调其中20万只的捐助去向，并尽快发到基层完成捐赠；另外2万只将捐赠到相关社区百姓手中。"赵起说。

赵起是武汉数字创意与游戏协会秘书长，一个小公司的老板，他本身并非专门做慈善，这两天却为了武汉——这座他深爱的城市四处奔走，做起物资捐赠调配的慈善工作。

一座城市陷入困境，自有一众豪杰自告奋勇。

医务工作者、社区基层工作人员、记者、环卫工人、警察……这些冒着极大风险奋斗在一线的人的努力和奉献，人民群众都看得到。"一线太辛苦了,看着他们这么'遭孽'(武汉话'受罪'之意),真是有些于心不忍。"楚新传媒创始人李玉申说。

"作为本次疫情的风暴中心,湖北承担的防控和治安任务非常艰巨。在守护百姓家园的工作中,湖北数万基层民警功不可没。如何保证他们的物资?"这是赵起的心中所急。

"前几天我们就在想,我们能为这些城市的最美逆行者做点什么?虽然能力有限,但还是要发挥我们的光和热。为坚守在街道、社区的一线民警定向捐助防护口罩。"虎投财经联合创始人张腾军说。

就这样,几个原本都有各自职业的小伙伴,因为同样的一片热心走到了一起。

"疫情这么严重,我们没法袖手旁观,所以想一起商量着做点事。于是就一起攒了这个公益行动。大家整合一下各自的资源,总能发挥些作用。后来就一起起了个名字,叫'有心'。"湖北省公安厅工作人员梅钦鹏坦言。

但凡有点公心和热血的人,在这个时刻都无法坐看闲云。"有心"不是无心的插柳,而是"有心"的有为。老梅是"有心"的发起人,赵起、李玉申、张腾军等朋友或者朋友的朋友一二十人共同谋划,共行善举。

"昨天,我们还向杨春湖高铁商务区开发建设指挥部捐赠了蔬菜1吨,医用酒精25升,84消毒液25升,口罩500个,

用于河南省派驻湖北省武汉市医疗救护人员后勤生活保障。向
洪山区人力资源局捐赠酒精 25 升，另外向板桥、金域天下等
社区捐赠了医用酒精 40 升，护目镜 8 个，手套、口罩各一盒。"
李玉申自豪地说。

　　说易行难。做公益不能只靠好心，还需要付出大量的精
力。"这些日子，很多小伙伴都是一早出发，凌晨回家。下午
还发生了惊险一幕：有小伙伴在运货路上车子不慎撞到防护
栏，所幸人很安全。"李玉申说。

　　疫情无情，人却有情。"我们发起的有心公益救助活动，
到今天也启动 15 天了。半个月来，我们的志愿者'逆行'在
三镇的社区、福利院和医院等地，也通过另一种方式看到了同
样为这座城市勇敢'逆行'的同路人。"张腾军说。

　　"我们不知道武汉的疫情还要持续多久，也不知道这场爱
心接力会有多少人参与，我们能做的只有一点：尽我们所能，
帮武汉的一些困难家庭渡过难关。"梅钦鹏坚定地说。

　　果真，倘若有心，柳暗花明。

　　　　　　　　　（本文 2020 年 2 月 14 日发表于《光明日报》，
作者包括李盛明、晋浩天、章正、张锐、卢璐、李政葳）

17.

一连四个『感谢』，好消息来了

严冬必将过去，春天就在眼前。

2020 年

二月

15

日

　　短短十几天，稍纵即逝。但对于家住武汉市青山区的新冠肺炎患者吴优（化名）来说，过去的这十几天，他度日如年，曾经跌到了绝望的谷底，又在各方的支持和努力下，重新看到了曙光。

　　35岁的吴优，是2月12日湖北省新增新冠肺炎病例（含临床诊断病例）14840例中的一位，也是本报记者多日来跟踪采访的一位病患案例。他的收治经历，也是不折不扣落实"四类人员"分类集中管理措施，真正做到应收尽收、不漏一人以来的缩影。

　　2月5日，本报记者与吴优取得联系，得知他父亲去世、母亲病重的消息。

　　2月6日，他的母亲收治入院。同时，自己出现发烧、咳嗽等症状。上报给社区后，吴优独自在家隔离。

　　2月9日上午起，武汉全力推进全市1100多个社区危重病人收治、疑似患者隔离、核酸检测"三清零"工作，将排查出的确诊患者、疑似患者全部集中收治、分类隔离，确保落实到位，做到应收尽收、应诊尽诊。在这样下沉式的大排查中，呼吸困难的吴优成了社区重点关注对象。

等待被安置的日子里，紧张、焦虑，吴优的情绪反反复复。但他说："我不能倒下，我已经失去了爸爸，在医院接受治疗的妈妈还等着我。"

"妈，这几天我不能去医院陪您，但我们都要坚强！很快就会过去的！"无法看望母亲的吴优，在微信里这样安慰老人。

2月12日，他接到了这几天听到的最好消息，社区书记在电话中告诉他，要被收治了。

——下午1点，吴优收到通知出门，浑身乏力地坐在马路边，同其他社区的患者集合。

——下午2点，一行7人乘坐社区安排的车辆，集中被送往武汉市第一医院。

——下午3点，随行社区人员接到区里电话，要求加大未确诊患者和确诊患者之间的空间距离，降低病毒传播风险。行进中的车辆折返至街道办事处。

——下午4:18，吴优等一行人换乘不同车辆再次前往医院。等待中的这一个小时里，他连续发来了十几条微信。透过手机屏幕，记者感受到的是一种实实在在的对生命的渴望。

——下午4:41，吴优等一行人到达武汉市第一医院，15分钟后，他住进了医院12楼的病房。

——下午 6:26，吴优收到了几天前的核酸检测结果，疑似转为确诊。

——晚上 9:27，高烧 38.9℃、正在等待治疗的吴优，不时发来信息。字里行间，都透露着"感激"与"抱歉"。吴优感激记者一直在持续关注着他的收治经历，而抱歉则是未能及时回复记者每一条关切的消息。

——晚上 10:34，医院 12 楼恢复开水供应，吴优拍了一段视频。水龙头里流泻出的温暖，仿佛是生的希望。

2 月 13 日，经过一夜治疗，吴优体温终于恢复了正常，一切向好。

2 月 14 日下午 1:17，吴优告诉记者："刚刚护士和我说，我可以参加新药'瑞德西韦'的试用测试！无论怎样，这对我来说，都是好消息！感谢大家！感谢医务人员！感谢武汉市第一医院的医生、护士及所有工作人员！感谢！"

一连四个"感谢"，隔着手机屏幕，记者深切感受到吴优的激动与感恩。而他的经历，也是武汉战"疫"行至此时的真实写照——严冬必将过去，春天就在眼前。

（本文 2020 年 2 月 15 日发表于《光明日报》，作者包括晋浩天、卢璐、章正、李盛明、张锐、李政葳）

后记

光明，就在前方

对于全国人民来说，这是一个艰难的春节。对于我们来说，这是一个"战斗"的春节。

"有出差任务，出发去武汉，家里有什么困难吗?"

"没有！随时可以走。"

"注意做好个人防护!"

1月27日晚，我们三位记者接到报社的电话，给出不约而同的回答。

接到电话后，章正把妻子和孩子安顿好，第一时间坐上从河南返回北京的高铁；晋浩天搭车刚从山西老家回北京，进了家门就转头准备出行的物资；卢璐从杭州直飞北京，当晚到京，第二天就出发。

从接到任务的那一瞬间，大家都忘记了还在过年，抛开身边的人和事，心心念念只有一个地方——武汉。我们心里都清楚，这是一场新闻报道硬仗，讲好武汉战"疫"故事，是我们此行的共同目标。

听说武汉缺物资，报社已经为我们准备了口罩、防护服、

方便面等物资，令人心暖的是还有几大袋水果。我们想，既然
去前方，就顺手多做点事情。1月28日，晋浩天主动联系到
一位爱心人士，把他们捐赠的5000多只口罩、120瓶酒精棉球、
一批药品"人肉"带去武汉。为了带上这大批的物资上路，我
们三人商量只带个人的必需用品，省下更多空间，以便多带一
些医疗物资去武汉。

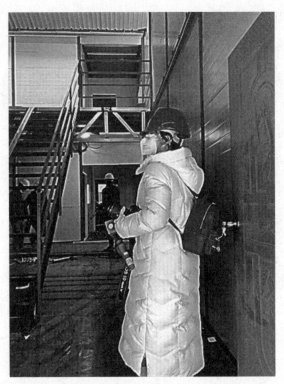

2月1日，卢璐在雷神山医院建设现场采访。（晋浩天摄）

1月29日，武汉一线报道组成员在北京西站同捐赠物资的爱心人士（左一）合影。
（武汉一线报道组供图）

　　1月29日，戴上口罩，报社同事把我们送到北京西站。此时，做公益的朋友也把物资送到火车站，没有更多寒暄，我们数了数，要运往武汉的医疗物资就有十多箱。道别时对方向我们竖起大拇指，说了一句："谢谢！多保重！"看到我们搬运困难，火车站的工作人员热心前来帮忙，让我们得以顺利上车。

　　上了车后，我们一遍遍检查这些物资，生怕漏掉一箱，列车员也主动表示会帮我们照看。此时，简单的物资接力，成为一种爱心和信心的传递。

14 时 40 分，列车还没开动，我们便抓紧时间开始讨论选题。

与以往出差不同，这一次，我们在列车上就开始采访。在这武汉之行的起始，就让我们抓到了一些真实的感动。在南行的列车上，我们遇到了同行苏洲，他的母亲是医生，给他发来一段视频，教他如何戴口罩，如何洗手。这位从除夕开始一直在工作没有休息的记者，看到视频眼圈都红了。采访列车保洁

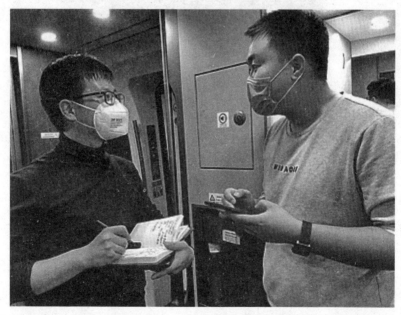

1 月 29 日，章正在开往武汉的高铁上采访中央广播电视总台记者苏洲。（晋浩天摄）

员甘大姐时，她真诚地对我们说："我们做的事不算什么，不要关注我，多采访一些去武汉一线的人。"

来到武汉，报道组奔忙于武汉各个角落。每一次的采访，都让我们的心深深地被触动，我们认识到，此时在武汉一线工作的每一个人，看似平凡，但都是英雄。

南开大学附属医院手术室护士尹楠，刚到武汉就投入工作，穿上隔离衣至少工作 4 个小时，每次工作完，全身湿透。她说，休息时一放松，感到精疲力尽。

和武汉志愿者队伍中的一员——临时"专车"司机张一驰的第一次见面，就让我们体会到了武汉人特有的豪爽。车一停，摇下窗，一挥手，戴着口罩的张一驰对我们说："上车，这几天忙哟！"

我们去采访中国地质大学（武汉）国际教育学院党支部书记、副院长许峰时，他正在麻利地布置任务，准备对留学生公寓内 660 个房间全面消毒。许峰的淡定有序，换来的是留学生们的放心。一位留学生说，面对疫情，他们也有过担心，但看到许老师就放心多了。

面对疫情，武汉人表现出来的韧劲，也鼓舞着我们。疫情发生后，一个名为《武汉莫慌，我们等你》的短片在武汉非常火。片中，有一句武汉方言让人印象深刻——"我信了你的邪（我服了你了）！"这句方言，道出了武汉人不服输的一面，也一下子戳中了我们的心。

　　让我们感动的是，这段时间，还看到很多医务夫妻齐上阵，即便是在一家医院工作，但相逢却成为难事，每一次偶遇便成为短暂的相逢。

　　这些人、这些事、这些感动，时时盘旋在我们的脑海中，成为紧张繁忙中温暖的星火。采访中，很多人都提到一句话，这段时间工作太忙，以至于没有了时间概念。但是，我们一直记录他们做所的感人事迹，传播出去，让更多人记住他们。正如流行的一句话，哪有什么岁月静好，只不过是他们在默默地负重前行。

　　他们的精神，也在鼓舞着记者的斗志。在疫情最严重的一线采访，除了对心理、生理的考验，我们还要时刻提防着病毒的入侵。相比以往，新冠肺炎，我们看不见，摸不着，但却时时刻刻都能感觉到它的可怕。我们走入平常再熟悉不过的社区，也得包的严严实实，因为不知道哪一位擦身而过的人，就身患此病。我们走进医院，心率很容易就到120，大家不是医护人员，焦虑与紧张在所难免。当真正把这一天的工作完成时，一般都已是凌晨两点。而从这一刻起，第二天的采访任务已然开启。

　　特殊时期，辛苦在所难免。但当我们得知，自己采写的一篇篇报道获得了很多人关注时，内心永远充满了能量。我们知道，全国人民也一直在关注着前线记者的作品，我们并不孤单。

我们深知，我们有一个坚强有力的后方团队。感谢光明日报社编委会以及所有部门领导及同仁的全力支持，让我们从选题策划到采写编发，从统筹协调到后勤保障，都得到了无微不至的关怀与温暖。报道文章虽然署着武汉一线报道组的名字，但这份荣誉属于每一位光明人。

这一篇篇报道能够付梓，也要感谢人民出版社和为此付出辛勤劳动的各位出版界的领导与朋友。打赢疫情防控狙击战，需要凝聚全社会力量、鼓舞各方面斗志。希望这本讲述战"疫"故事的小书——《战"疫"日记》，能够让更多的人了解一线的平凡英雄，感悟温暖人心的情怀，坚定战"疫"必胜的信念。

光明日报社武汉一线报道组 2020 年 2 月 18 日凌晨写于武汉

项目统筹：王　彤　贺　畅
责任编辑：刘志江　徐　畅
封面设计：姚　菲
版式设计：胡欣欣
责任校对：吕　飞

图书在版编目（CIP）数据

战"疫"日记/光明日报社武汉一线报道组 编著. — 北京：人民出版社，
　2020.2（2020.12 重印）
ISBN 978－7－01－021892－2

I.①战… II.①光… III.①新闻报道－作品集－中国－当代
　IV.① I253

中国版本图书馆 CIP 数据核字（2020）第 028658 号

战"疫"日记
ZHANYI RIJI

光明日报社武汉一线报道组　编著

人民出版社出版发行
（100706　北京市东城区隆福寺街 99 号）

北京雅昌艺术印刷有限公司印刷　新华书店经销

2020 年 2 月第 1 版　2020 年 12 月北京第 14 次印刷
开本：880 毫米 × 1230 毫米 1/32　印张：5.75
字数：105 千字

ISBN 978－7－01－021892－2　定价：25.00 元

邮购地址 100706　北京市东城区隆福寺街 99 号
人民东方图书销售中心　电话（010）65250042　65289539